CONTENTS

지나치게 노력한 **세계최강**의 **무투가**는 마법 세계를 **여유**롭게 살아간다

4

저자 **왕코소바** Wankosoba

ill **니노모토니노** Ninomotonino

♔ 서 ▮ 막 무사 수행의 개막입니다 ➜

세계 최동단 유석에서 스티겔이 깃들고 꿈에서까지 그린 마법사가 된 후.

모두와 같이 즐거운 한때를 보낸 나는 비공정과 열차를 갈아타며 엘슈타니아로 향하는 중이다.

무사 수행을 시작하기 전에 엘슈타니아에서 몇 가지 해둘 일이 있어서다.

"이제 곧 엘슈타니아에 도착임다."

"이제 그만 헤어져야겠네. 허전해지겠다."

조금 전까지 즐겁게 수다를 떨고 있었던 에파와 페르미나 씨가 창밖에 펼쳐진 경치를 바라보며 섭섭해 보이는 표정을 짓는다.

두 사람은 취직이 결정됐으니까 어쩔 수 없다. 당장 내일모레부터 일이 시작되는 것 같으니, 엘슈타니아에 도착한 다음 바로 직장이 있는 마을로 향해야만 한다.

나와 누아르 씨도 무사 수행을 떠나므로, 지금까지처럼 부담 없이 만나 놀 수는 없다.

그래도 두 번 다시 만날 수 없는 건 아니다. 엘슈타니아에는 정기적으로 돌아올 거고, 그때 타이밍이 맞으면 같이 놀 생각이다.

"에파네 직장은 어딘지 아니까 가끔 놀러 갈게."

만능의 마력을 지닌 에파는 고향에 있는 초등학교 체육 교사가 되었다. 직업으로 삼고 싶다고 생각할 만큼 나와의 수행이 재밌었던 것이다.

옛날엔 몸치였지만, 지금의 에파라면 전교생이 동경하는 체육 교사가 될 수 있으리라.

"정말임까! 사부가 놀러 와 준다면 여동생들도 아주 기뻐할 검다!"

에파는 8자매의 장녀이기도 하다.

"나도 동생들이 보고 싶지만…… 다들, 나 기억해?"

여하튼 내가 시련의 방에서 보낸 몇 분은 현실세계에서의 10개월에 상당하니까 말이다. 2년 가까이 안 본 셈이 되니 나를 잊었어도 이상하지 않다.

"사부를 잊어버릴 리 없잖습까! 다들 잘 기억하고 있슴다! 특히 시루시는 다음엔 언제 사부를 만날 수 있느냐고 끈질기게 물어봄다!"

시루시는 차녀다. 저번에 에파 집을 방문했을 때는 이야기를 많이 나누지 못했는데…… 그렇게 보고 싶어 해준다면 조만간 놀러 가야겠다.

"애쉬 군, 내가 있는 곳에도 놀러 와 줄래?"

"물론이지. 배속되는 곳이 정해지면 꼭 가르쳐 줘."

페르미나 씨가 취직한 곳은 엘슈타트 마법 기사단이다. 어느 부서에 배속될지는 미정이나 동경해 온 직업에 종사하게 된 것에 변함은 없다.

에파도 그렇고, 페르미나 씨도 그렇고, 친구들의 꿈이 이루어져서 우선 안심이다. 나 역시 염원하던 마법사가 되었으니 최고로 행복한 기분이다!

"나는 무직이야."

누아르 씨가 절망적인 얼굴로 말한다.

혹시 친구늘이 취직해서 조급한 걸까? 그렇다면 같은 무직으로서 격려해 줘야겠다!

"인생은 기니까 조급할 거 없어."

"저금해 놓은 것도 없어."

눈앞이 캄캄하다고 말하고 싶기라도 한 듯한 표정의 누아르 씨. 확실히 돈이 없으면 생활에 어려움이 크겠지만, 누아르 씨는 혼자가 아니니까 말이다!

"괜찮아! 나는 저금해 놓은 게 있으니까! 나랑 같이 있으면 의식주 걱정은 없어!"

"날 돌봐 줘도 괜찮겠어?"

"나도 누아르 씨한테 도움받고 있는걸. 힘들 때는 서로 도와야지."

누아르 씨는 학교를 쉬면서까지 유적 순례에 협력해 줬고, 앞으로도 수행을 서포트해 주기로 했다.

누아르 씨가 없으면 무사 수행이 난항을 겪을 테니 생활비 정도는 내가 내야지.

"안심했어. 하지만 식비가 늘지 않도록 주의할게."

원래 누아르 씨는 소식하는 편이었으나 나와 만나지 못하는 스트레스를 발산하기 위해 과식했고 몸이 커졌다. 물론 페르미나 씨 수준은 아니라고 해도, 식비는 늘어나지 않을까 싶다.

그렇다고 식비를 줄일 생각은 없지만. 여행하려면 체력이 있어야 하고 누아르 씨가 공복으로 쓰러지면 큰일이니 말이다.

"돈 걱정은 안 해도 돼."

"그럼."

필립 씨가 거들었다.

"애쉬 군은 모든 마왕을 무찌르고 세계를 구한 우리 모두의 은인. 돈은 물론, 뭔가 곤란한 일이 있으면 나나 아이나를 의지해라. 기꺼이 애쉬 군의 힘이 되어 주마. 그 대신이라고 하면 뭣하지만, 여행을 떠나기 전에 아이나를 만나 주지 않겠니?"

"아이짱은 학원에 있는 거죠?"

아이짱도 세계 최동단 유적에 있었으나 내 무사를 확인한 다음 용건이 있다며 돌아가 버렸다.

"아이나는 내 뒤를 이어 학원장 자리에 취임했으니까, 오늘도 학원장실에 있을 거다. 지금쯤 신학기 준비를 하고 있을 테지."

내가 시련의 방에 있는 사이에 아이짱은 학원장 대리에서 학원장으로 취임한 모양이다.

마법 기사단 총장이기도 하고, 이 나라에서 가장 바쁜 사람은 아이짱일지도 모르겠군.

그런 가운데 고맙게도 나를 만나고 싶다고 말해 주었다. 엘슈타트에 도착하면 바로 만나러 가야겠다.

나로서도 학원에서 하고 싶은 일이 있고 말이지. 무사 수행을 시작하는 건 할 일을 전부 마치고 나서다.

"맞다, 맞아! 애쉬 군에게 건네줄 것이 있어!"

　열차 속도가 느릿해지고 각자 짐을 정리하는데, 페르미나 씨가 작은 꾸러미를 내밀었다.
"이건?"
"애쉬 군에게 주는 선물이야."
"나랑 페르미나랑 에파가 골랐어."
"사부를 놀라게 해주고 싶어서 도중에 하차한 마을에서 몰래 사 뒀슴다!"
　갑작스러운 서프라이즈에 나는 할 말을 잊고 말았다. 누아르 씨가 안절부절못한다 싶었는데 이 때문이었나.
"기쁘다! 그런데 웬 선물이야?"
"마법사가 된 축하 선물임다!"
"실용적인 걸 골랐어!"
"소중히 여겨 주길 바라."
"당연히 소중히 해야지! 그럼 바로 열어 볼게!"
　실용적인 거라ㅡ. 뭘까? 손수건? 이것저것 두루 예상하면서 나는 작은 꾸러미를 개봉한다.
　그러자 거기에 들어 있었던 것은……

"우와아! 휴대전화다!"

마력이 없으면 기동조차 할 수 없는 통신기——휴대전화였다!

예상치 못한 만남에 내 심장이 쿵쾅쿵쾅 고동친다. 에파의 본가에서 방치돼 굴러다니고 있었던 위저드 로드를 발견했을 때와 같은 기분이다.

설마 휴대전화를 손에 넣는 날이 올 줄이야. 나, 정말로 마법사가 된 거구나……. 휴대전화를 손에 들자 다시금 내 몸에 마력이 깃들었다는 실감이 났다.

정말 최고의 선물이다.

"기뻐?"

누아르 씨가 기대하는 눈길을 보내온다.

"엄청나게 기뻐! 다들, 나를 위해서 고마워! 이거, 평생 소중히 간직할게!"

"네가 기뻐하는 얼굴을 볼 수 있어서 행복해."

"그러게! 왠지 우리까지 기분 좋아졌어. 덧붙여 우리 연락처는 이미 등록해 놨어!"

"사부의 전화라면 언제든지 대환영임다!"

"내 전화는 느긋하게 기다려 줘. 지금의 마력으로는 먼 곳에 있는 사람하곤 통화할 수 없으니까."

휴대전화는 마력을 사용하여 먼 곳에 있는 사람과 연락을 취하는 도구라서, 지금의 마력으로는 기껏해야 실 전화기와 비슷한 성능밖에 끄집어내지 못할 것이다.

"그럼 힘껏 소리치면 됨다! 사부가 소리치면 멀리까지 목소리가 닿으니까 말임다!"

"확실히 그렇게 하면 통화할 수 있겠는데!"

통화가 가능하다고 해도 현대인으로서 그런 원시적인 방법으로 커뮤니케이션을 취하고 싶지는 않다.

기껏 마음 써서 선물해 준 것이니, 이 보물을 썩히지 않도록 착실하게 마력을 단련해야겠다!

"나도 등록해도 되겠느냐?"

"나도 등록해 놓을게. 뭔가 일이 생기면 언제든지 의지하렴."

"그러면 나도 등록해 둘까."

스승님들이 내 휴대전화를 만지자마자 차례로 연락처가 등록되었다.

마력의 질은 사람마다 다르다. 휴대전화에 마력을 흘려 넣음으로써 그 사람의 연락처가 등록되는 구조이다.

휴대전화에 연락처를 등록한 나는, 이번엔 내 쪽에서 모두의 휴대전화에 마력을 흘려 넣는다.

"……등록되지 않았어."

누아르 씨가 슬픈 듯이 나를 바라보았다.

마지막으로 마력을 흘려 넣은 누아르 씨의 전화에만 내 연락처가 등록되지 않은 것이다. 뭐, 계속 옆에 있을 거고 굳이 연락처를 교환하지 않아도 되지만…… 그래도 혼자만 교환하지 않으니 왕따로 만든 것 같아서 마음이 좀 그렇다.

그래서 다시 한번 시도해 봤지만 결과는 바뀌지 않았다.

"내 전화, 망가진 걸까?"

"아니, 그냥 내 마력이 다한 거야. 회복되면 등록할게."

세계최약의 마법사인 나의 마력은 세계에서 제일 적다. 체력에 비유하면 한 발짝 내디딘 것만으로 스태미나가 다 떨어지는 거나 마찬가지다.

하지만…….

아무리 약하다고 하더라도 마법사라는 사실에 변함은 없다.

18년의 세월을 거쳐 나는 꿈에서까지 그린 마법사가 되었다.

그러나 이것은 골이 아니다.

출발선에 선 것에 불과하다.

내 목표는 마법의 정점에 이르는 것이니까. 무사 수행으로 마력을 단련해서, 언젠가 대마법사가 되고야 말겠다!

그리고 사용하는 거다, 엄청나게 화려한 마법을!

"보통, 마력이 다 떨어지면 강렬한 현기증이 덮치는데…… 신체를 지나치게 단련해서 그런지 다르구나."

콜론 씨가 나직이 중얼거렸을 때 열차는 엘슈타니아 역에 도착했다.

▾ 제 1 막 위저드 로드를 손에 넣습니다 →

열차에서 내리고 에파와 페르미나 씨를 배웅한 뒤.

나는 남은 사람들과 함께 엘슈타트 마법 학원을 찾았다.

"반가워라. 이렇게 여기에 서 있으면 여러 가지 추억이 되살아나."

누아르 씨가 교사를 올려다보고 차분히 이야기한다.

나는 3주 만이라서 딱히 그립지 않지만 현실세계에서는 10개월 이상의 시간이 흘렀다. 마음으로는 아직 3학년이지만 나는 졸업생인 것이다.

그런 이유로 우리는 학생 기숙사의 짐을 정리하기로 했다.

"먼지가 쌓였을 테니 환기하고 정리하는 편이 좋을 것 같아. 먼지를 마시면 감기 걸릴지도 모르니까."

나는 독가루를 마셔도 괜찮지만 누아르 씨는 섬세하니까 말이다. 여행지에 진료소가 있으리란 보장도 없고, 컨디션 관리에는 주의해야 한다.

"너한테 피해를 주지 않도록 조심할게."

"누아르 씨가 감기에 걸려도 그렇게 생각 안 해. 그러니까 무슨 일이 있으면 꺼리지 말고 말해 줘. 그때는 정성껏 간병할 테니까."

"하지만 그러면 수행이 중단되고 말아."

"신경 쓰지 않아도 돼. 누아르 씨가 없으면 애초에 수행이 안되고 말이야."

나는 다양한 대마법사에게 제자로 들어갈 생각이다. 그러기 위해서는 큐르 씨가 남기고 간 선물인 『강자가 있는 곳을 나타내는 지도』가 필수불가결.

이제는 나도 마법사인 만큼 지도에 마력을 흘려 넣을 수는 있지만, 그것은 『자신과 동급인 생물을 파란 점』, 『상위인 생물을 빨간 점』으로 나타내는 지도다.

따라서 내가 사용하면 지도에는 아무것도 안 뜨고 평범한 사람에게 사용하게 하면 지도는 파랑과 빨강으로 꽉 찬다.

그래서 누아르 씨에게 도움을 받기로 한 것이다.

세계 최고봉의 교육기관 엘슈타트 마법 학원에서 3강으로 손꼽혔던 누아르 씨보다 강하다면 틀림없이 대마법사일 테니 말이다.

"애쉬야. 우리도 방 정리를 도와줄까?"

"그럼 나는 누아르 좀 도와줘야겠다."

스승님과 콜론 씨의 말이다.

참고로 필립 씨는 역에 도착하자 바로 순간이동을 사용해 학원장실로 향했다. 우리의 귀환을 아이짱에게 보고하러 간 거다.

"스승님들은 학원장실에서 기다리고 있어도 돼. 이래저래 할 이야기도 있을 테고. 예를 들면 집의 재건에 대해서라든가."

용자 일행 최고참 세 명은 우리의 여행길을 지켜본 뒤 『마의 숲』으로 향할 예정 같다.

　마물이 만연한 『마의 숲』은 세계에서 1, 2위를 다투는 위험 지역. 한번은 《불의 제왕》 파이어 로드의 마법으로 초토화됐지만, 그곳은 시공의 뒤틀림(어비스 게이트)의 발생률이 유난히 높아서 지금 이러는 동안에도 마물이 계속 증가하고 있다.

　방치하면 마물은 식량을 찾아 전 세계에 흩어질 것이다. 바로 그것을 저지하기 위해 스승님은 반세기 가까이 『마의 숲』 관리인을 맡고 있었던 것이다.

　"그러면 먼저 가서 기다리고 있으마."

　"정리 수고해."

　두 사람을 배웅하고 우리는 각자 남자 기숙사와 여자 기숙사로 향한다. 그리고 방에 들어가자—— 먼지가 확 하고 날아올랐다. 이거 지독하다.

　"……상상 이상으로 더럽군."

　다음에 입실하는 학생을 위해서도 깨끗이 치워야겠다!

　창이라는 창을 전부 연 나는 곧장 청소를 시작했다.

　"먼저 서류부터 정리할까."

　쌓이고 쌓인 프린트를 그러모은다. 내가 움직일 때마다 먼지가 날고, 버틸 수 있겠냐는 듯이 콧구멍을 간지럽힌다.

　자칫하다 재채기가 나올 것만 같다. 하지만 참아야 한다. 지금 여기서 재채기하면 교사가 붕괴할지도 모르고.

　근질근질하는 걸 참으면서 1000장이 넘는 서류를 모아 꾸깃 꾸깃 둥글게 만다.

좋아. 서류는 다 정리했다!

다음은…… 책을 정리하기로 할까.

책상과 책장에 수납했었던 책을 겹겹이 쌓고, 끈으로 하나둘 동여맨다. 그렇게 작업하고 있자 문득 반가운 물건이 눈에 띄었다.

상급반에 승격하고 얼마 되지 않았을 무렵. 마법사가 되고 싶다는 일념 하나로 같은 반 친구에게 습관을 물어보고 그것을 기록한 노트다.

이것이 계기가 되어 에파와 친해졌었지…….

그때 습관을 물어보지 않았다면 에파와는 끽해야 같은 반 학생으로 끝났으리라. 그랬다면 에파의 본가에 놀러 가는 일도 없었고, 누아르 씨를 골렘의 마수에서 구하지도 못했다.

누아르 씨를 구하지 못했다면 비석을 해독할 수 없었을 테니, 나는 마법사가 되지 못했을지도 모른다.

"그때 모두에게 습관을 물어본 건 헛된 일이 아니었어."

무엇이 마력 획득으로 이어질지 모른다——.

당시 내린 그 판단은 틀리지 않았던 것이다.

다른 책은 다 처분한다 해도, 이 노트만큼은 버리지 못하겠다. 짐이 되겠지만 여행에 가지고 가기로 할까.

배낭에 노트를 집어넣고 옷 정리에 착수한다.

정리라고 해도 옷은 별로 없지만. 교복 세 벌과 사복 한 벌이 있을 뿐이라.

그 한 벌 있는 것도 너덜너덜하니 나중에 새 옷을 사야겠다. 졸업한 이상 교복을 입을 수는 없으니 말이다.

그건 그렇고, 천 조각 하나를 집었는데.

"이거, 어떡하지."

여자 팬티다.

벽장으로 시선을 보내자 여자 옷이 산더미처럼 쌓여 있다. 이것만 보면 꼭 여자 방 같다.

물론 여기는 내 방이다. 그리고 이 의류들은 내가 취미로 모은 게 아니다. 그 대부분이 아이쨩에게서 받은 선물──『공주님 세트』다.

퇴화약의 효과가 떨어진 지금 아동복은 필요 없지만…… 남한테서 받은 물건이란 어째 좀 버리기가 어려운 것 같다.

"아무리 그래도 전부 다 가지고 갈 수는 없는데…… 부피가 별로 크지 않은 것 중에서 마음에 드는 것만 가지고 갈까."

그렇게 처분할 것과 아닌 것을 선별했고, 슬슬 정리가 다 끝나갈 무렵── 목소리가 들려왔다.

"우와아! 애쉬 씨다! 애쉬 씨가 있어!"

놀란 목소리.

뒤돌아보자 환기를 위해 열어섲힌 채로 두었넌 문에서 남학생이 이쪽을 엿보고 있었다. 그 목소리를 듣고 많은 학생이 모여든다.

본 적 없는 사람들이다. 신입생인가?

"마왕과 싸우는 거 봤어요! 굉장했습니다!"

"저, 애쉬 씨를 동경해 이 학원을 선택했어요!"

"행방불명됐다고 들었는데, 어디 갔던 건가요?"

흥분한 표정으로 연신 떠들어대는 후배들에게 나는 자초지종을 설명한다. 그렇다 해도 진실을 이야기할 수는 없지만 말이다.

마왕과 싸우고 있었다──고 말하면 불안해서 공부에 집중할 수 없게 될지도 모르고.

"견식을 넓히기 위해서 여러 나라를 여행하고 왔어. 졸업했으니 지금은 한창 방을 치우는 중이고."

"치운다니……. 이거, 버리는 건가요?"

"그럴 생각인데."

"그, 그러면── 혹시 괜찮으면 제가 가져도 되나요?"

"저, 저도 갖고 싶어요!"

"좋아."

버리는 수고도 줄일 수 있으니 나로서도 고마운 제의다.

"감사합니다!"

"소중히 입을게요!"

눈 깜짝할 사이에 불용품이 사라져 간다.

책은 예상 범위 안이지만 설마 여자 옷까지 가지고 갈 줄은 몰랐다.

뭐, 버리는 것보다 입어 주는 편이 옷도 행복할 테니 상관없지만.

그렇게 모든 정리가 끝나고, 후배들의 배웅을 받으면서 남자 기숙사를 뒤로했다. 그길로 곧장 여자 기숙사로 향하고, 잠시 밖에서 기다리고 있자 누아르 씨가 위태로운 발걸음으로 나타났다.

"빨리 왔네."

"후배들이 도와줬어. ……그런데 그 배낭은?"

　누아르 씨는 빵빵한 배낭을 짊어지고 있었다. 방에 있던 것을 전부 쑤셔 넣었다고 해도 믿을 수 있을 만큼 배낭은 부푼 상태다.

"이 안에는 내 보물이 가득 차 있어."

"보물?"

"네가 사준 문제집과 옷이야."

　누아르 씨도 남한테서 받은 것을 버리지 못하는 성격인 모양이다.

　옷이라면 몰라도 문제집은 그저 거추장스러울 것 같지만, 이토록 소중히 여겨 주는 건 순수하게 기쁜 일이다.

"그대로 있으면 무거울 테니 문제집은 내 배낭에 옮길게. 그리고 나중에 옷 좀 사자."

"옷이라면 많이 가지고 있어. 그리고 지금 근사한 옷을 입고 있고."

　배낭에 다 들어가지 않았는지 누아르 씨는 복슬복슬 두툼한 옷을 입고 있었다. 세계 최북단 유적으로 향하는 도중, 내가 선물한 의복이다. 꽤 더운지 앞머리가 땀으로 이마에 달라붙어 있다.

"그건 추운 데에서 입는 옷이니까. ……참, 교복은?"

"처분했어. 이제 입을 일도 없고, 조금 작은걸."

누아르 씨는 요 10개월 동안 꽤 많이 성장했다.

"그럼 할 일을 마친 다음 옷을 사자. 내가 사줄게."

"또 보물이 늘겠어."

기뻐 보이는 누아르 씨를 데리고 나는 학원장실로 향한다.

"애쉬 씨! 기다리고 있었어요!"

학원장실을 방문하자 아이짱이 기쁜 듯이 달려왔다. 입학식을 앞둔 이 시기는 학원장 업무가 많은지 눈 밑에 희미한 다크서클이 나 있다.

"아이짱, 바빠 보이네요."

"……왜 그렇게 생각하죠?"

"눈 밑에 다크서클이 생겼으니까요."

아이짱은 부끄러운 듯이 한숨을 쉰다.

"역시 사라지지 않았군요. 건강하지 않은 모습을 보이면 학생들이 불안해 할 것 같아서, 요즘은 되도록 일찍 자도록 유의하고 있는데……."

그런데도 다크서클이 생겼다는 것은 평소엔 이 이상으로 격무에 시달린다는 얘긴가.

"학원장 업무를 도와줄 수는 없지만, 마법 기사단 일이라면 도와줄 테니 뭔가 있으면 사양 말고 말해 주세요."

아이짱은 상냥하게 미소 짓는다.

"걱정하실 거 없어요. 애쉬 씨가 마왕을 해치워 주셨으니까 말이죠. 마법 기사단 총장으로서의 고민의 원인은 깔끔하게 싹 사라진 상태랍니다. 그리고 애쉬 씨의 수행을 방해할 수는 없어요. 그래서, 출발은 언제예요?"

"오늘 이 시간 이후요."

"벌써 떠나는 거군요?"

아이쨩은 아쉬운 듯이 눈썹을 내리깔지만 내 결심은 흔들리지 않는다.

"네. 마법사는 됐지만 제 목표는 어디까지나 대마법사가 되는 거니까요. 한가롭게 지내고 있을 수는 없어요."

마법사가 됐다고 해서 안심은 할 수 없다. 오히려 지금부터가 고난의 연속이리라.

강자가 있는 곳을 나타내는 지도에 따르면 이 세계에 대마법 사는 셀 수 있을 정도밖에 없으니까 말이다. 세계최약의 마법사 에 불과한 내가 대마법사가 되기 위해서는, 누구보다도 노력해 야만 한다.

"애쉬 씨는 누구보다도 노력하는 사람이니까, 언젠가 틀림없 이 아버님 이상의 대마법사가 되는 날이 올 거예요."

"아무렴! 애쉬는 필립을 능가하는 마법사가 될 거야!"

스승님이 목청을 돋우며 동의한다.

"뭐니 뭐니 해도 애쉬는 내가 자랑하는 제자니까! 남다른 노력 으로 마력을 품은 애쉬라면 반드시 대마법사가 될 수 있을 게다!"

"스승님……!"

뜨거운 성원에 나도 모르게 눈구석이 뜨거워진다.

지금의 내가 있는 것은 스승님 덕분이다.

그날 스승님이 거둬 주지 않았다면 나는 『마의 숲』에서 객사했을 테니 말이다.

큰 은인의 응원을 받고 기쁘지 않을 턱이 없다.

"너, 너도 자랑스러운 제자야."

콜론 씨가 경쟁하듯이 말하자, 구석에 있었던 샤름 씨가 볼을 붉혔다.

"왜, 왜 여기서 본인을 소환하는 거지. 본인은 어디 가서 자랑할 만한 공훈은 세우지 못했는데."

"그, 그렇지 않아. 너는 훌륭해. 실제로 많은 학생에게 존경받고 있고. 너 같은 제자가 있는 게 난 너무나 자랑스러워. 너는 내 보물이야."

"보, 본인 칭찬은 그만해!"

샤름 씨는 압박에 약하다……기보다 수줍음이 많다.

나도 샤름 씨는 최고의 선생님이라고 생각하지만, 입 밖으로 내지 않는 편이 좋을 것 같다. 더 칭찬하면 머리에서 김이 나게 생겼으니 말이다.

"그런데 애쉬 군은 어디서 수행하는 거야?"

필립 씨가 물었다.

모두 궁금했었는지 나를 쳐다본다.

"일단 라인 왕국에 가 볼 생각이에요. 라인 왕국에는 누아르 씨보다 강한 사람이 둘 있거든요."

우선 그 두 사람의 제자로 들어가, 마법사로서 강해지는 요령을 배우는 거다.

"그러면 그중 한 명은 본인의 친구일지도 모르겠군."

"샤름 씨의 친구……. 어떤 분이세요?"

샤름 씨는 콜론 씨 밑에서 수행한 뒤 라인 왕국에서 자유로운 나날을 보낸 바 있다.

내 스승님 후보와는 그때 알게 된 사이 같다.

"티코라고 하는, 본인보다 서너 살 연상인 여자야."

그렇담 20대 후반 정도겠다. 그렇게 젊은 나이에 대마법사가 되다니……. 대체 어떤 수행을 한 거지? 아니면 선천적으로 강한 건가?

선천적으로 완성된 힘을 가지고 있는 경우라면 마법사로서 성장하는 요령을 배울 수 없을 텐데…….

그것을 확인하기 위해서도 라인 왕국에 가야겠다!

"티코는 속세를 떠난 사람―― 타인과 관계되는 걸 귀찮아하는 여자야."

그래선 수행을 받을 수 없는 게 아닌지…….

"그렇지만 본인의 이름을 대면 수행을 받게 해줄 거다."

내 심중을 헤아렸는지 샤름 씨가 황급히 덧붙인다.

"뭐, 무슨 일 있으면 본인한테 전화하면 된다. 그, 그렇다고 너무 의지하면 곤란하지만."

샤름 씨는 겸연쩍어하며 그렇게 말하고 휴대전화를 들이댔다.

"제 마력으로는 샤름 씨와 통화하기 어려운데요."

"그러면 너하고도 연락처를 교환해 놓아야겠군."

"자꾸 연락처가 늘어."

누아르 씨는 기쁜 듯이 웃음 짓는다. 친구들이 늘어서 행복한가 보다.

"애쉬 씨, 이거 얼마 안 되지만 어디 사용할 때 보태세요."

샤름 씨와 연락처를 교환했을 때 아이짱이 돈주머니를 내밀었다.

"이렇게 많이…… 괜찮나요?"

"물론이에요. 애쉬 씨는 이걸로는 부족할 만큼 일해 주셨는걸요. 단지……."

말하기 난처한지 주저하면서 아이짱은 이렇게 덧붙였다.

"보답을 바라도 괜찮을까 싶지만…… 가끔 얼굴을 비쳐 주세요. 그렇게 해주시면 저는 무척 기쁠 거예요."

"그 정도라면 얼마든지."

전 세계를 여행한다곤 해도 두 번 다시 이 나라에 돌아오지 않는 건 아니고 말이다.

"물론 스승님들도 보러 갈 거야!"

"그래! 우리는 『마의 숲』에 있을 테니 오고 싶을 때 오면 된다!"

"응! 다음 생일에는 꼭 축하하러 갈게! 기대하고 기다려 줘!"

"기쁜 소릴 해주는구나……. 애쉬에게 축하받기 위해서라도 장수해야겠어! 그리고 이 눈으로 대마법사가 된 애쉬의 모습을 확인할 거야. 제자의 성장을 지켜보는 것이 내게는 사는 보람이니까."

내 인생을 삶의 보람으로 삼아 주는 스승님에게 나도 모르게 눈물이 글썽이고 만다. 스승님이 환하게 웃는 모습을 보기 위해서도 착실히 수행해야겠다!

"나도 샤름이 결혼할 때까지 살아 보이겠어."

"본인한테 압박감 주지 마! 아니, 애초에 그럴 예정은 요만큼도 없다고!"

샤름 씨가 새빨갛게 물든 얼굴로 소리치자 방은 웃음소리로 가득 찼다.

언제까지고 이 자리에 머무르고 싶을 만큼 편안한 공간이지만, 꿈을 이루기 위해서 여행을 떠나야만 한다.

"그럼 다녀올게."

"오냐. 애쉬, 그리고 누아르. 여행 간에 조심하거라."

스승님의 미소에 못내 아쉬움을 느끼면서 나와 누아르 씨는 학원장실을 나섰다. 그 발걸음 그대로 복도를 걸어 교사 밖으로 나가자, 누아르 씨가 질문했다.

"일단 역으로 갈 거야?"

"열차에 타는 건 쇼핑이 끝나고 나서야."

"옷이랑 식량 살 거지?"

"그것도 있지만 또 하나 사 둘 게 있어."

"뭘 살 건데?"

"위저드 로드야!"

그 단어를 말한 순간 나는 그만 히죽거리고 말았다.

위저드 로드는 마법사에게 빼놓을 수 없는 파트너다.

어렸을 때부터 갖고 싶다 갖고 싶다 노래를 불렀던 위저드 로드가 마침내 이 손에 들어온다──.

그렇게 생각하니 나도 모르게 미소가 나온다.

파트너와 함께 세계를 돌고, 언젠가 대마법사가 되고야 말겠다!

그렇게 아직 보지 못한 파트너를 상상하면서 우리는 근처 위저드 로드 샵으로 나아갔다.

◆

엘슈타트 마법 학원을 떠난 우리는 위저드 로드 샵으로 향하는 중이다. 어렸을 때부터 꿈꿨었던 위저드 로드를 손에 넣는다고 생각하니 발걸음도 절로 가벼워진다.

"어떤 지팡이로 할 거야?"

누아르 씨가 종종걸음으로 따라붙었다. 나도 모르게 걸음이 빨라졌었나 보다. 나는 발걸음을 늦춘다.

"아직 안 정했어. 카탈로그는 대충 봐서 궁금한 건 몇 개 있지만."

"카탈로그가 있구나."

"매월 발행되고 있어."

세계 제일의 애독자라 자부할 수 있을 만큼 나는 카탈로그를 매우 즐겨 보고 있다. 스승님과 함께 생활할 때도 마을에 갈 때마다 카탈로그를 들고 돌아왔으니까. 당연하지만 학원에 다니기 시작하고 나서도 매달 읽었다.

"이 10개월간 어떤 위저드 로드가 새로 만들어졌을지, 벌써부터 기대돼서 못 견디겠어!"

"새로운 위저드 로드도 있구나. 나한테는 전부 다 똑같이 보여."

위저드 로드에 흥미가 없는 사람이 보면 누아르 씨와 같은 감상을 품을 것이다.

"확실히 외관이 비슷한 게 많지만 성능에는 차이가 있어."

"성능에 차이가 있구나."

"응. 손잡이가 쥐기에 좋은지, 마력이 잘 통하는지, 길이, 굵기, 무게, 색조, 내구도―― 제조 회사마다 특색이 있어."

"위저드 로드 박사네."

열정적으로 이야기하자 누아르 씨가 감탄한 듯이 말한다.

"박사라고 할 정도는 아니지만. 마법사에게 위저드 로드는 검사의 검 같은 거니까 말이지. 정통해서 나쁠 건 하나도 없어."

"나도 위저드 로드를 통달하고 싶어. 네가 좋아하는 건 나도 좋으니까."

"내가 가르쳐 줘도 괜찮다면 얼마든지 가르쳐 줄게!"

누아르 씨가 위저드 로드를 통달하면 위저드 로드 이야기꽃을 피울 수 있으니까 말이다! 염원하던 마법사도 됐고, 위저드 로드를 주제로 밤새 수다 떨고 싶을 정도다.

"내 지팡이는 어때 보여?"

누아르 씨가 품에서 고드름 같은 형상의 위저드 로드를 꺼냈다. 오래 사용했는지 손잡이가 빛 바래 있다.

"그 위저드 로드는 헥셀러 사 제품이야. 손잡이 형태로 보아 얼음 계통 제7세대 모델인데, 발매일은 지금으로부터 15년쯤 전일 거야. 자잘한 개량을 거듭해 지금은 제9세대까지 나와 있어."

누아르 씨는 느낌이 딱 오지 않는 눈치다. 어리둥절한 얼굴로 물었다.

"요컨대, 굉장한 지팡이인 거야?"

"응. 굉장한 지팡이야. 헥셀러는 오래된, 전통 있는 회사니까 말이지. 모든 위저드 로드는 헥셀러 사의 제품을 참고로 해서 만들어졌다고 해도 과언이 아니야. 특징으로는 밸런스가 뛰어나다, 일까? 사용하기 쉬워서 남녀노소에 사랑받고 있어. 덧붙여 본사는 엘슈타트 왕국 남부에 있고, 필립 씨도 이 회사 로드를 애용하고 있어."

"엄청 자세히 알고 있네."

누아르 씨는 입을 떡 벌렸다.

"그렇게 자세히 아는 것도 아니야. 카탈로그를 그대로 읊었을 뿐인걸. 뭐, 요약하면 헥셀러 사의 위저드 로드는 안정감이 탁월하단 얘기야. 애프터서비스에도 힘을 쏟고 있어서 본사나 지사에 가지고 가면 무료로 닦아 주고 그래."

"이 지팡이를 고르길 잘했어."

"응. 누아르 씨는 위저드 로드를 보는 눈이 있어."

"기쁘다. 그럼 너도 헥셀러 사의 지팡이를 살 거지?"

"아니, 누아르 씨의 위저드 로드는 확실히 사용하기 좋았지만…… 사실 에파의 위저드 로드도 마음에 들어서."

"그것도 헥셀러 사야?"

"보르그 사야. 여기 위저드 로드는 일단 쥐기 편한 데에 중점을 두고 있어. 실전용은 아니지만, 다루기 수월해서 초심자에게 인기가 높아."

에파는 초심자는 아니지만 보르그 사의 위저드 로드를 애용한다. 어린 시절에 사용했었던 것을 성인이 되어서도 계속 사용하는 사람은 있고, 에파도 그런 축에 드는 것이다.

"그럼 너는 보르그 사의 지팡이를 사겠네?"

확실히 나는 마법사가 된 지 얼마 안 되었다. 초심자용 위저드 로드는 지금의 내게 딱이다. 실제로 에파의 위저드 로드를 사용했을 때, 그립감은 정말 최고였으니까 말이다.

하지만―― 오히려 그렇기 때문에,

"다른 걸 살 거야."

"왜?"

"그립감이 너무 좋아."

그렇다. 쥘 때의 느낌이 너무 좋은 나머지 에파의 위저드 로드를 이쑤시개처럼 꽉 압축하고 말았다.

파트너를 이쑤시개로 만들 수는 없는 노릇이니 보르그 사는 피하는 편이 좋을 것이다.

"그럼 그립감이 나쁜 것을 사야겠네?"

"그렇다기보다 『위저드 로드를 쥐고 있다』고 실감할 수 있는 것을 갖고 싶은데. 그런 의미에서 페르미나 씨의 위저드 로드는 유력 후보야."

"페르미나의 지팡이는 어디 제품이야?"

"밀키 사야. 여기 위저드 로드는 마력이 잘 통하는 데에 성능을 집중했어. 그래서 룬을 그리고 나서 마법이 발동할 때까지의 시간차가 짧아."

실전에서는 약간의 딜레이에 목숨을 잃기도 한다. 때문에 목숨을 걸고 마물과 싸우는 마법 기사단 사람들은 밀키 사의 지팡이를 애용하고 있다.

다만 밀키 사의 위저드 로드는 손잡이가 독특한 형태로 되어 있어 능숙하게 사용하기 어렵다. 일부러 그렇게 만드는 건 아니고, 지팡이의 재료로 사용되는 나뭇가지가 독특한 형태를 하고 있어서다.

가공하면 다루기 쉬워지지만, 가공으로 인해 마력이 잘 통한다는 이점이 상실되기 때문에 독특한 손잡이를 그대로 살려서 판매하는 것이다.

처음엔 쥐고 흔들기가 쉽지 않겠지만, 익숙해지면 최고의 파트너가 될 것이 분명하다.

"그럼 너는 밀키 사의 지팡이를 사겠구나?"

"그러기로 결정한 건 아니야. 그 밖에도 후보는 있으니까. 뭘 살지는 실제로 보고 나서 결정할 거야. ——아, 여기다."

누아르 씨와 이야기하는 사이에 제법 되는 거리를 걸은 것 같다. 어느샌가 목적지에 도착해 있었다.

묵직한 외관의 가게를 올려다보고 나는 침을 꿀꺽 삼킨다.

드디어…….

두근거리는 마음을 안고 나는 가게 안으로 몸을 옮긴다.

"……굉장해."

그리고 충실히 갖춰진 제품들에 숨을 죽인다.

"이렇게나 위저드 로드가 많을 줄이야……. 마치 꿈나라에 온 것만 같아. 누아르 씨, 잠깐 내 뺨 좀 꼬집어 줄래?"

"이렇게?"

가느다란 손가락으로 내 뺨을 말랑말랑하게 집는 누아르 씨.

나는 아픔을 느끼지 않지만 만져진 느낌은 난다.

즉, 이것은 꿈이 아니다!

"이렇게나 위저드 로드가 많을 줄이야……. 마치 꿈나라에 온 것만 같아."

"조금 전에도 똑같이 말했어. 여기에 오는 건 처음이야?"

"응. 처음이야."

이 가게에 대해선 알고 있었지만 가게에 들어오는 건 처음이다.

사지 않고 그냥 돌아가는 게, 장사하는 데에 찬물을 끼얹는 것 같아 가게 사람에게 미안하기도 해서, 그런 이유로 가게에 들어오는 건 마법사가 되고 나서 하기로 정했었다.

"그건 그렇고 이 가운데에서 골라야 한단 말이지……. 일종의 고문인걸."

상상 이상으로 다양한 갖가지 제품군에 그만 기쁨의 비명이 새어 나온다. 하나하나 사용감을 시험하고 싶으나 내 마력은 미미하다. 전부 다 사용감을 확인하려면 몇 달은 걸릴 것이다.

파트너 선택을 대충 할 생각은 없지만 아무리 그래도 몇 달이나 시간을 들일 수도 없고, 차라리 직감으로 선택하는 편이 좋을지도 모르겠다.

"내가 도와줄 거는 없어?"

빽빽하게 진열된 위저드 로드를 보고 있자 누아르 씨가 말을 걸어왔다. 그냥 기다리고만 있으면 지루할 테니 누아르 씨에게도 도움을 받을까.

"이거다 싶은 것을 보여 주면 고맙겠어."

"찾아볼게. ⋯⋯⋯⋯⋯⋯이런 건 어때?"

누아르 씨는 뒤쪽 선반에 있는 위저드 로드를 꺼내서 보여 주었다.

"그건 보르그 사의 위저드 로드네."

"보르그⋯⋯? 어디서 들은 적이 있어."

"조금 전 이야기한 에파의 위저드 로드를 만들었다는 곳이야."

"거기구나. 그럼 이건 안 돼?"

"글쎄⋯⋯. 일단 후보에 넣어 둘게. 그립감이 너무 좋은 문제도 내가 주의하기만 하면 되니까."

누아르 씨는 기쁜 듯이 미소 짓는다.

"네 도움이 돼서 기뻐. 더 찾아볼래. ⋯⋯⋯⋯이건 어때?"

누아르 씨가 지휘봉처럼 생긴 위저드 로드를 보여 주었다.

"그건 콜론 씨가 사용하고 있는 위저드 로드야. 아마 샤름 씨도 같은 것을 사용했을 거야."

"너도 애용해 줄래?"

"그 위저드 로드는 워낙 가늘어서 미세한 부분을 그리기 수월하니까 복잡한 룬이 많은 어둠 계통 마법사가 애용하고 있어. 하지만 가는 만큼 가벼운 충격에도 부러져 버려."

"네가 사용하면 금방 부서져 버릴 것 같아."

"맞아. 이 위저드 로드는 내게는 맞지 않아. 그러니까⋯⋯ 이를테면, 그래⋯⋯."

위저드 로드를 찾는 데에 참고가 될 만한 것을 찾으려고 하다가──.

나는 눈길을 빼앗겼다.

길이 25센티 정도의 새하얀 그것은 유니콘의 뿔을 닮았다. 전체적으로 드릴 모양을 하고 있으며, 손잡이 끝에는 투명한 수정이 박혀 있다.

살며시 손에 쥐어 본다.

⋯⋯이거, 확실히 보통 위저드 로드와는 다른데.

"무겁다. 그리고 차가워."

누아르 씨가 같은 것을 손에 쥐고 감상을 말한다.

"이건 금속제니까."

"금속으로 된 지팡이도 있구나."

"응. 적어도 엘슈타트 마법 학원에서 금속제 위저드 로드를 사용하는 사람은 없겠지만 말이지."

금속제 위저드 로드는 튼튼하지만 목제와 비교해 무겁다. 그 때문에 무엇보다 룬을 그리기 힘들다.

위저드 로드는 룬을 그리기 위한 도구니까 룬을 그리기 힘든 것은 위저드 로드에 있어서는 안 되는 결점인 것이다.

하지만 이 위저드 로드에 한해서는 예외이기도 하다.

왜냐면 이 위저드 로드는 실용적인 물건이 아니기 때문이다.

"이건 축제에서 사용하는 의례용 위저드 로드라서, 외관을 중시해 만든 거야."

"그럼 다른 걸로 할 거지?"

나는 고개를 저었다.

"아니, 이걸로 정했어. 나는 무게를 느끼지 않고 마력도 꽤 잘 통하는 것 같아. 길이와 굵기도 딱 좋고 내구력도 있고── 무엇보다 외관이 최고거든!"

이런 걸 두고 한눈에 반했다고 하겠지.

이거 외에 다른 것은 생각할 수 없다! 그런 생각이 들 정도로 나는 이 위저드 로드에 끌렸다. 이 위저드 로드는── 이 녀석은 이 세계에서 유일무이한 내 파트너인 것이다!

"두 개 사는구나."

"부서질지도 모르니까. 예비 파트너로."

그렇게 꿈에서까지 본 위저드 로드를 손에 넣은 나는 겸사겸사 벨트 타입의 위저드 로드 홀더를 구입하고, 들뜬 걸음으로 가게를 나왔다.

"곧바로 마법을 사용해 볼 거야?"

"빨리 써 보고 싶긴 하지만 여기선 힘들지."

자칫하면 네무네시아 제2탄이 되니까 말이다.

대지를 가를 우려가 있는 이상 함부로 위저드 로드를 휘두를 수는 없다.

파트너의 사용감을 확인하는 건 마을을 떠나고 나서 하는 편이 좋을 것이다.

"이제 식료와 옷만 남았네. 누아르 씨는 어떤 거 먹고 싶어?"

"멜론빵 맛 휴대 식량을 원해."

"찾아볼게."

우리는 가게 몇 군데를 돌아 멜론빵 맛 휴대 식량을 비롯한 보존 식량과 옷을 샀다. 그리고 새 옷으로 갈아입은 뒤 역으로 향한다.

"우선 라인 왕국으로 가는 거지?"

허리춤의 홀더에 꽂은 위저드 로드를 어루만지고 있자 누아르 씨가 물어봤다.

복슬복슬한 옷을 벗고 시원해 보이는 의상으로 갈아입어선지 땀은 완전히 가셨다.

"응, 그러려고."

"어느 쪽을 만나러 갈 거야?"

"먼저 서쪽에 사는 사람을 만나러 갈 거야. 그쪽이 거리로 봐도 가까우니까."

"얼마나 걸릴까?"

"순조롭게 간다면 일주일—— 근처 마을까지 사흘이고, 거기서부터 걸어서 나흘쯤."

지도에 따르면 스승님 후보는 숲에 있으니까 말이다. 요 며칠은 움직임도 없고, 지도의 이 숲에 살고 있을 것이다.

뭐, 이 지도에서『강자』는『인간』이 아니라『생물』을 가리키니 어쩌면 사람이 아니라 마물일지도 모르지만.

"제법 걷게 될 테니까 배낭은 내가 들겠지만…… 지치면 주저하지 말고 말해 줘."

"약한 소리는 하지 않겠어. 빨리 네가 대마법사가 된 모습을 보고 싶으니까."

누아르 씨가 야무진 얼굴로 말한다.

"고마워, 누아르 씨! 나, 반드시 바람 마법의 정점에 올라 보이겠어!"

지금의 마력으로는 카마이타치밖에 쓰지 못한다. 더구나 나뭇잎 하나 가르지도 못할 정도로 미약하다.

이 수준에서 바람 계통의 마법의 정점에 오르는 건 지극히 힘든 일. 평생을 카마이타치만 날리다 수명이 다할 가능성도 있다.

하지만 나는 스티겔을 손에 넣었다.

마력 제로 상태에서 마법사가 된 것이다.

포기 않고 무사 수행을 계속한다면 언젠가 대마법사가 될 수 있다!

그렇게 의욕을 불태우면서 걸어갔고 우리는 열차 플랫폼에 도착했다.

무사 수행을 시작하고 벌써 나흘이 지났다. 시간 한번 빠르다.

이날, 나와 누아르 씨는 끝말잇기를 하면서 초원을 걷고 있었다. 묵묵히 걷기보다 즐겁게 수다를 떨면서 걷는 편이 피로를 덜 느끼리라 생각해서다.

하지만 누아르 씨는 수다를 잘 떠는 편이 아니기 때문에 일방적으로 나만 떠들게 된다. 그러면 누아르 씨도 따분하리라 생각해 끝말잇기를 하기로 한 것이었다.

같은 단어를 사용해도 되는 룰로 했기 때문에 끝날 기미도 없이, 어느새 이래저래 한나절 가까이 끝말잇기를 하는 중이다.

"다시 내 차례지? 괴『물』."

"……물."

"물『건』."

"……물."

"으음…… 물건은 『건』으로 끝나는데?"

"……물이 마시고 싶어. 근데 내 물통은 다 비었어."

"아, 미안, 미안. 자, 물."

물통을 건네자 누아르 씨는 눈 깜짝할 사이에 다 마셔 버렸다.

만족스러워 보였고, 목은 축인 모습이지만, 안색은 좋지 않은 상태 그대로다.

"혹시 피곤해서 그래?"

누아르 씨는 몸을 꿈틀거렸다. 눈을 상하좌우로 움직이며 대답했다.

"그렇지 않아. 기운 넘쳐."

"그래도, 안색이 나쁜데."

"선천적이야."

"그렇지 않아. 누아르 씨, 평소엔 안색이 더 좋다고."

"나를 너무 미화하네."

누아르 씨는 한사코 인정하려고 하지 않지만 내 눈을 속일 수는 없다.

누아르 씨는 무사 수행의 방해가 되지 않도록 팔팔한 척을 하고 있다. 그 마음은 고맙지만 그렇게까지 서두르지 않아도 된다. 당장에라도 대마법사의 제자로 들어가고 싶은 마음은 굴뚝같지만, 유적 순례 때처럼 시간제한이 있는 건 아니니까 말이다.

쉬지 않고 걸으나, 쉬어가면서 걸으나 하루나 이틀 차이밖에 안 난다. 잠깐 정도는 쉰다 해도 문제없는 것이다.

"난 신경 쓰지 않아도 돼."

"사실 녹초야."

누아르 씨는 본심을 털어놓았다.

마음을 감추는 데에 소질이 없는 누아르 씨는 내게 거짓말을 하는 것이 괴로웠던 모양이다. 순순히 털어놓고 후련해졌는지 건강한 안색으로 돌아왔다.

그렇다고 체력이 회복된 것은 아니다. 날도 어두워지기 시작했고, 오늘 여행은 이쯤에서 끝내기로 할까.

"건너편에 폐허가 있으니 오늘은 저기 가서 묵자."

눈어림으로 3킬로미터쯤 앞에 썩어 문드러진 상태의 건물을 발견하고 제안하자, 누아르 씨는 눈을 가늘게 떴다.

"……어두워서 하나도 안 보여."

"내 눈에는 똑똑히 보여."

시력에는 자신이 있다. 밤눈도 좋고, 이 정도 어둠이라면 대낮처럼 내다볼 수 있다.

"더는 움직이지 못하겠으면 내가 업어 주겠는데…… 어떡할래?"

잠시 틈을 가지고,

"……걸을래. 조금 정도라면 더 걸을 수 있으니까."

편해지고 싶어도 두 사람분의 짐을 드는 나를 보고 어부바를 사양한 모양이다.

"……건『물』."

다시 끝말잇기를 하며 걸어가 우리는 폐허에 도착한다.

너덜너덜한 문을 열자, 먼지가 쌓인 융단이 펼쳐져 있었다.

"아무도 안 살고 있나?"

"먼지가 이만큼 쌓인 걸 보면 아무도 살지 않는 걸 거야. 우리 같은 여행자가 가끔 이용하는 정도 아닐까."

"친절한 사람이 여행자를 위해서 집을 지은 건가?"

"아니, 아마 마왕군이 활동하던 무렵에 마법 기사단의 주둔지로 이용됐을 거야. 조금 탐색해 보자."

누아르 씨와 방을 둘러보고 침대를 발견한다. 너덜너덜하지만 딱딱한 바닥에서 자는 것보다는 피로가 가실 것이다.

"밥은 어떡할래? 먹는다면 준비할게."

휴대 식량뿐이면 영양이 한쪽으로 치우치므로 장기간 보존 가능한 재료를 몇 가지 사 뒀다. 조금 수고는 들지만 맛있는 밥을 먹는 편이 누아르 씨도 기운을 많이 회복할 것이다.

"조금 자고 싶어."

침대에 누워 커다란 하품을 흘리는 누아르 씨.

잠깐만 잘 생각이었는데 정신이 들고 보니 아침이라는 패턴이 될 것 같다.

그런 생각을 하는 동안에 누아르 씨는 숨소리를 내며 자기 시작했다. 어지간히 피로가 쌓였었나 보구나.

감기에 걸리지 않도록 몸 위에 복슬복슬한 옷을 덮어 주고, 나는 폐허를 나왔다.

"……."

밤바람이 스치는 가운데 달빛에 비친 초원에 우뚝 서서 허리 부근에 손을 댄다. 착, 하고 파트너에 닿은 순간, 심장이 쿵쾅 뛰어올랐다.

드디어 파트너를 사용할 때가 온 것이다!

나는 이 순간을 기다리고 있었다.

진작부터 사용해 보고 싶었지만, 만일의 사태에 대비해 시간과 장소를 고른 결과 지금 이 타이밍이 되고 말았다.

주변에 사람의 모습은 없고, 폐허 외에 다른 건물도 보이지 않는다. 여기라면 안심하고 수행할 수 있을 것 같다.

"먼저 룬을 그리는 연습을 할까."

모든 룬을 통째로 외우고 있다고 해서 척척 그릴 수 있는 건 아니다. 더군다나 나는 위저드 로드를 만져 본 적이 몇 번 되지 않으니까, 긴장한 나머지 손이 떨려서 똑바로 룬을 그리지 못할 가능성이 크다.

긴장하는 건 내가 정신적으로 미숙한 증거이며——마력과 정신력은 밀접하게 관계되어 있다.

다시 말해 긴장을 극복한다면 정신적으로 성장한 셈이 되어 마력이 오른다는 얘기다.

위저드 로드를 다루는 법과 마력을 단련하는, 그야말로 일석이조의 수행. 해가 뜰 때까지 한나절은 남았으니 충실히 수행, 또 수행하겠어!

찰싹! 기합을 넣듯이 뺨을 때리고 파트너의 손잡이를 쥔다. 그 후 눈을 감고 머릿속에 가상의 적을 만들어낸다. 그냥 닥치는 대로 룬을 그리기보다 실전처럼 연습하는 게 효과적이라고 판단해서이다.

모든 준비를 갖추고 정신통일을 한다. 위저드 로드를 능숙하게 사용한다——거기에 오롯이 의식을 집중시킨다. 그리고——.

"가자, 파트너!"

허리 홀더에서 파트너를 뽑은 순간, 바람을 가르는 소리가 울렸다. 발도하듯이 뽑는 바람에 카마이타치가 발생한 모양이다.

후우. 큰일 날 뻔했다. 만약 유혹에 버티지 못하고 시내에서 파트너를 사용했었다면 대참사가 날 뻔했어.

뭐, 그래도 만일을 위해 카마이타치가 날아간 곳을 조사해 두는 편이 좋을지도 모르겠다. 저 너머에 건물은 없을 테지만, 아무 일도 일어나지 않은 것을 확인하는 편이 수행에 집중할 수 있으니 말이다.

"이따 또 잘 부탁해, 파트너!"

다정하게 부르면서 문득 보니──파트너는 부러져 있었다.

"왜 부러졌어?!"

스스로에게 물었지만 답은 명백하다.

공기 저항을 버티지 못하고 손잡이 위로 뚝 부러진 것이다.

"파트너……."

죽어 버린 파트너의 모습에 나는 망연자실하고 만다.

하지만 후회해도 파트너가 돌아오는 건 아니니까 내가 할 일은 후회가 아니라 반성하고──이 교훈을 다음에 살리는 것이다.

앞으로는 룬을 그릴 때만 아니라 홀더에서 뽑을 때도 조심해야겠다.

"나는 2대 파트너와 함께 강해지겠어. 그러니 너는 부적으로서 내 여행을 지켜봐 줘."

짧아진 파트너(초대)에게 속삭이고 홀더에 넣는다.

……그럼.

"만일을 위해 카마이타치가 날아간 곳을 봐 둬야겠어. 아무것도 파괴하지 않았으면 좋겠는데……."

그러기를 빌면서 나는 카마이타치가 날아간 쪽으로 달려갔다.

◆

숲에 숨어 있는 고블린 무리를 토벌하라──.

그것은 라인 왕국 마법 기사단, 서방 토벌 부대에는 손쉬운 임무였을 터이다. 결코 거드럭거리는 것이 아니다. 실제로 부상자를 내지 않고 임무를 마쳤고, 남은 건 귀환하는 일뿐이었다.

하지만 거기서 예기치 못한 사태가 일어났다.

숲을 빠져나가기 직전, 시공의 뒤틀림에 진로가 막힌 것이다.

그렇지만 그녀── 기사단 단장인 클로에는 역전의 마법사다. 예기치 못한 사태에 직면한 일은 여러 번 있었기에 그녀가 침착함을 잃는 일은 없었다.

그러나 클로에는 다음 순간에 평정을 잃게 된다.

왜냐면 시공의 뒤틀림에서 튀어나온 것은 마왕《어둠의 제왕》다크 로드와 쌍벽을 이루는 전설의 마물── 암흑기사 오딘이었기 때문이다.

그 흉흉한 모습을 본 순간 클로에의 뇌리에 스친 것은 『죽음』

이란 한 단어였다. 이렇게 대치하기는 처음이고, 싸운 적은 없으나 암흑기사의 힘은 자료를 읽어 잘 알고 있다.

──사악함을 체현한 듯한 검은 갑옷은 모든 공격을 무로 돌아가게 하고.
──흉흉한 형상의 시커먼 검은 한 번만 휘둘러도 산을 찢어발길 정도로 무시무시하며.
──기사를 태운 검은 말은 하룻밤에 세계를 달린다고 칭송받는다.

그런 전설의 마물이 마지막으로 확인된 것은 지금으로부터 100년 전──. 그때는 암흑기사를 무찌르는 데 100명 이상의 희생자가 나왔다고 자료에 적혀 있었다.
심지어 희생된 한 명 한 명이 클로에 이상 가는 강자였다.
12명으로 편제된 이 부대로 싸워서 이길 수 있는 가망은 없다.
"대, 대체 어떡하면 좋지?!"
단장은 무슨 일이 일어나더라도 평정을 잃어서는 안 된다. 부대를 지휘하는 단장이 당황하여 허둥지둥하면 부하를 불안하게 만들기 때문이다.
하지만 상황이 이렇다면 단장으로서의 마음가짐 따윈 무의미한 것이나 다름없다.
왜냐하면 이미 부하가 한 명도 남김없이 고꾸라졌기 때문이다.
죽은 것은 아니다. 암흑기사가 강림한 순간 부하들은 비명과 함께 전력을 다해 마법을 발사했고, 마력을 다 써버리자 의식을 잃고 말았다.

마력을 다 써버리면 강렬한 현기증이 덮치고, 때로는 정신을 잃는 일도 있다. 그런 마법사의 상식을 잊어버릴 만큼 부하들은 이성을 잃고 만 것이다.

그렇지만 클로에에게 부하를 나무랄 생각은 없다. 왜냐면 클로에도 이성을 잃었으니까.

『뭘 하고 있느냐, 인간아. 좀 더 나를 즐겁게 해다오! 사양할 거 없다. 모든 힘을 쥐어짜 덤비거라!』

검은 가면의 안쪽에서 땅울림과 같은 소리가 울린다.

높은 지능을 자랑하는 마물은 인간의 말을 구사하는 일이 있다. 높은 지능을 자랑했던 《어둠의 제왕》이 죽은 지금, 눈앞의 암흑기사야말로 새로운 마왕이라고 해도 과언은 아니리라.

"네, 네놈과 같은 마물 따윈 무섭지 않아!"

용기를 쥐어짜듯이 소리를 지르고 클로에는 떨리는 손으로 룬을 새긴다. 그리고 특대 아이스 랜스를 쏘았다.

스승님이자 상사이기도 한 선대 단장이 유일하게 칭찬해 준 클로에의 비장의 기술이다.

그런데도——.

얼음 창은 검은 갑옷에 닿자마자 산산이 조각나 부서져 버렸다.

어둠에 흩날리는 얼음 티끌에 클로에는 절망하고 만다.

『너무 약해. 100년의 유예를 받아 놓고서 성장은커녕 퇴화할 줄이야. 필시 일시적인 평화를 구가하느라 수련을 게을리한 결과겠지.』

꼭 과거에 인간과 싸운 적이 있는 것 같은 말투다.

클로에의 뇌리에 최악의 시나리오가 떠오른다.

"서, 설마—— 설마 100년 전의 암흑기사가 네놈이었나?! 하, 하지만 분명히 자료에는 토벌했다고 적혀 있었는데!"

100년 전의 개체와 동일하다면 눈앞의 암흑기사의 힘은 헤아릴 수 없다.

당시에도 해치우지 못했다는 것은, 토벌하려면 희생자가 얼마나 나올지 모른다는 뜻이다.

『어리석군. 이 내가 인간 따위에게 질 리가 있겠느냐!』

"하, 하지만 자료에는 멀리 사라져 버렸다고 적혀 있었어!"

『그렇게 보인 것에 지나지 않아! 나의 애마는 이공간을 뛰어다닐 수 있으니 말이지!』

"이공간을 뛰어다닌다고?!"

암흑기사는 자유자재로 시공의 뒤틀림을 만들어낼 수 있다.

100년 전의 전사들은 그것을 보고 암흑기사가 흔적도 없이 사라져 버렸다고 믿었던 것뿐이다.

『조금 더 즐겁게 해줄 거라 생각했는데 이래서야 심심풀이도 안 되겠군. 기껏 성장할 기회를 줬는데, 오히려 약해졌다니 언어도단! 결국 너희 인간에게 우리의 동료가 될 자질 따윈 처음부터 없었던 것이다!』

암흑기사가 검을 뽑는다.

『약자가 만연하는 세계에 볼일은 없다. 나의 이 흑검으로 네놈과 함께 대지를 가라앉혀 주마!』

"누, 누구…… 마음대로!"

클로에는 목소리를 짜냈다.

하지만 일어설 기력은 솟아나지 않는다.

그런 클로에를 내려다보고 암흑기사는 덜그럭덜그럭 갑옷을 흔들며 비웃는다.

『가소롭군! 네놈의 힘은 알고 있다! 아니, 네놈만이 아니야! 인간이 얼마나 약한지는, 네놈을 보면 짐작이 간다! 약한 종족에게 살아갈 가치는 없다! 내가 되돌아온 이상, 인간은 멸망할 운명이다!』

"그, 그렇게는 안 돼! 설령 여기서 나를 죽이더라도 네놈은 그 사람에게 쓰러질 거야!"

『가소롭다! 내 갑옷을 뚫을 수 있는 인간은 존재하지 않아! 내 검으로 멸하지 못할 인간은 존재하지 않아! 내 애마를 따라잡을 수 있는 인간은 존재하지 않아! 고로 나에게 대적할 인간은 존재하지 않는다!』

새카만 검을 하늘로 든다.

『내 이름은 《검은 제왕》블랙 로드! 이 내가 강림한 이상, 모든 생명은 필멸할 운명이다! 시체조차 남기지 않는 나의 일격으로 인간의 역사를 암흑으로 물들여 주지!』

"그, 그렇게는……."

클로에는 어떻게든 저지하려고 한다.

하지만 다리가 풀려 일어서는 것조차 뜻대로 되지 않는다.

설령 자유로이 움직일 수 있다 해도 클로에가 어찌할 수는 없다.

그 정도로 클로에와── 인류와 《검은 제왕》 사이에는 역량의 차이가 있다.

클로에는 다시금 죽음을 깨달았다.

지금까지의 추억이 주마등처럼 지나간다. 그리고──.

『자, 검은 시대의 개막이다!』

스퍼어어어어어어엉!!!!!!!!

하고, 암흑기사가 두 동강 났다.

그와 동시에 검은 말의 대가리가 데구루루 떨어진다.

눈 깜짝할 사이에 주변은 검은 피로 물들었다. 이것이 《검은 제왕》이 말하는 『검은 시대』인 걸까. 그렇다고 한다면 몸을 던져도 너무 던진 것 같은데…….

대충 이런 해석을 하고 있었을 때,

"저기~ 갑자기 죄송한데요. 이쪽으로 카마이타치가 날아오지 않았나요?"

탄탄한 몸매의 소년이 미안해하며 걸어왔다.

◆

　30킬로 정도 달렸을 즈음, 내 눈에 참극이 날아들었다.

　검은 갑옷을 입은 사람이 두 동강 나 있었던 것이다. 게다가 그 옆에는 말 대가리가 뒹굴고 있다. 또 그 주변에는 남자들이 쓰러져 있었다.

　무사한 것은 엉덩방아를 찧은 여성뿐.

　골렘 때와 같이 결과적으로 아무 문제 없길 기대했는데 이건 좀…… 뭐라고 할까, 최악이다.

　"저기~ 갑자기 죄송한데요. 이쪽으로 카마이타치가 날아오지 않았나요?"

　확인하나 마나 틀림없이 내 소행이겠지만 만일을 위해 물어본다.

　"이, 이거, 네가 한 거야?"

　"그, 글쎄요? 직전에 『스퍼어어어어어어엉』하는 소리가 들렸으면 제가 한 짓인데──."

　"들렸어!"

　말을 끊듯이 긍정했다.

　역시 내가 한 짓인가…….

　"그렇다는 말은, 네가 우리를 구해 준 거구나?!"

　큰 죄를 범하고 말았다며 침울해 있자 생각지도 않은 말이 날아왔다.

"구해 드린…… 건가요?"

아니, 무슨 뜻이지? 말 그대로 의미를 파악해도 되는 건가? 만약 그렇다면 아주 다행이지만…….

"응, 그래. 우리는 이 마물한테 죽기 직전이었어."

응?

"이거, 마물인가요?"

"그럼 마물 말고 뭐로 보이는데?"

듣고 보니 사이즈가 이상하다.

두 동강 나 있어서 몰랐는데 상반신과 하반신을 합체시키면 3미터는 될 것 같다. 게다가 말에는 눈이 여덟 개나 달려 있다. 거기다 그 피는 거무충충…….

너무나도 충격적인 광경이라서 몰랐지만, 이건 마물이 맞다.

그 사실을 깨달은 순간 마음이 편해진다. 다행이다……. 결과가 좋아서 정말로 다행이다……!

"그렇다 해도 참 희한한 마물이네요. 이 주변에 자주 나오는 마물인가요?"

마물 중에는 설국이나 동굴 같은 특정 장소에만 출몰하는 것도 있다. 이 갑옷 무사도 그런 부류일 것이다.

유적 순례를 할 때 전 세계를 여행했지만 차분히 보고 다닌 건 아니니까. 이 세계에는 내가 모르는 마물이 아직 많이 있다.

"이, 이런 괴물이 여기저기 있으면 세계는 멸망할 거야!"

"그렇게 강한 마물이었어요?"

"강하고 자시고, 이 녀석은 그 《어둠의 제왕》과 쌍벽을 이룬다는 전설의 마물──암흑기사 오딘이라고!"

암흑기사라니, 그 암흑기사? 100년쯤 전에 라인 왕국을 휩쓸고 다녔다는, 전설의…….

암흑기사에 관한 책을 읽은 건 아주 옛날 일이라서 기억은 가물가물하지만 특징은 기억하고 있다.

검은 갑옷에, 검은 검에, 검은 말에, 3미터를 넘는 거구라고 책에 적혀 있었는데…… 확실히. 보면 볼수록 암흑기사 같군, 이놈.

뭐, 특징이 일치한다고 해서 100년 전에 맹위를 떨쳤던 암흑기사 오딘과 같은 개체라는 건 아니지만.

100년 전의 암흑기사는 토벌당했다고 책에 적혀 있었고 말이다.

"아무튼 네가 해치워 줘서 살았어!"

"저로서도 여러분이 모두 살아 있어서 다행이에요!"

쓰러져 있는 남자들도 단지 기절했을 뿐인 것 같으니 말이다. 오히려 그래서 다행이었다. 만약 쓰러지지 않았다면 지금쯤 두 동강 나 있을 참이다.

그야말로 결과적으로 다 잘된 셈. 하지만 다음에도 이렇게 되리라고는 할 수 없다. 위저드 로드를 사용할 때는 오늘의 이 교훈을 되새겨야겠다.

"그건 그렇고 세상에, 암흑기사를 해치울 수 있는 사람이 있다니. 너는 대체 누구니…….'

갑자기 입을 다물고 내 얼굴을 물끄러미 쳐다본다.

그리고 깜짝 놀라 눈을 동그랗게 뜨고서,

"어?! 혹시 《애니멀 팬티》 애쉬 씨인가요?!"

마왕 방송이 정착시킨 내 다른 이름은 《애니멀 팬티》인 것 같다. 스승님과 콜론 씨처럼 《버서커》나 《엠프레스》 같은 멋있는 별명을 갖고 싶지만…… 대마법사가 될 때까지는 《애니멀 팬티》로 가기로 하자.

기대 어린 눈길로 나를 보고 있기도 해서, 부정하기가 좀 그런 관계로.

"네. 저는 《애니멀 팬티》 애쉬입니다."

"역시! 역시 《애니멀 팬티》 애쉬 씨군요! 이런 데에서 뵙게 되다니, 횡재했네요!"

흥분해서 혈액 순환이 좋아졌나 보다. 아까와는 비교가 안 될만큼 안색이 좋아졌다.

"당신은 누구세요?"

물어보자 흥분한 기미로 떠들고 있었던 그녀는 그 자리에 주저앉은 채 등줄기를 꼿꼿이 했다.

"저는 라인 왕국 마법 기사단 서방 토벌 부대 단장 클로에입니다! 주변에 쓰러져 있는 자들은 제 부하들입니다! 설마 이러한 곳에서 애쉬 씨를 뵐 수 있을 거라곤 생각하지 못했습니다! 마왕을 무찌를 정도이니 강하다곤 생각했지만…… 암흑기사를 해치우다니, 애쉬 씨는 정말로 강하네요!"

솔직히 말하면 암흑기사를 해치웠으니 강하다고 해도 단박에 느낌이 오지 않는다. 난 단지 위저드 로드를 뽑기만 했을 뿐이니까 말이다. 이번에는 결과적으로 다 잘됐지만 다음부터 지팡이를 쓸 때는 주의해야겠다.

파트너를 두 번이나 잃는 건 정신적으로 견딜 수 없고, 이번에는 결과적으로 다 잘됐지만 이런 공포 체험은 두 번 다시 하기 싫다.

"그런데 애쉬 씨는 이런 곳에서 뭘 하고 있는 건가요?"

클로에 씨가 흥미롭다는 듯이 질문했다. 여기에 온 것은 카마이타치가 날아간 곳을 확인하기 위해서지만, 그렇게 대답하면 당황할 테니 그 얘긴 하지 않는 걸로……

그러고 보니 클로에 씨는 서방 토벌 부대 단장이랬나. 그러면 이 앞에 있는 빨간 점의 주인에 대해서 짚이는 데가 있을지도 모르겠다.

"사람을 찾고 있어요."

"사람을 찾아요?"

"네. 여기서 사흘 정도 걸은 곳에 강한 사람이 있다고 들었는데, 짐작 가는 것이 없나요?"

"여기서 사흘이라면…… 혹시 티코 씨일까요?"

"그 사람이에요!"

샤름 씨에게 들은 이름과 일치한다. 빨간 점의 주인은 티코 씨가 틀림없는 것 같다.

빨간 점의 정체가 마물이 아니라 한숨 돌린다.

"저랑 동갑——28세의 여성입니다. 물론 실력은 저 같은 것과는 비교할 수 없습니다만. 티코 씨는 라인 왕국에서 1, 2위를 다투는 실력자예요. 그러므로 꼭 기사단에 입단해 주셨으면 합니다만…….”

거절당한 모양이다. 샤름 씨는 티코 씨를 가리켜 『속세를 떠난 사람』이라고 했었으니, 타인과의 관계를 극구 피하고 싶어서 그런 것이리라. 마법 기사단에 입단하면 싫어도 타인과 어울려야 하니 거절한 셈이다.

샤름 씨의 이름을 대면 문전박대는 당하지 않을 테지만, 그런 사람이 나를 제자로 받아들여 줄까? 조금 불안해졌다.

뭐, 이제 와서 되돌아갈 생각은 없지만. 대마법사의 제자로 들어가는 게 그렇게 간단히 되는 일은 아닐 테니 말이다. 밑져야 본전, 좌우간 부딪쳐 보자는 정신으로 제자로 받아 줄 것을 간청하는 거다.

“그런데 티코 씨는 어떤 마법사인가요?”

“티코 씨는 최강의 빛 마법사예요. 이전……이라고 해도 5년쯤 전이지만 제 담당 구역에 스톤 이글 무리가 몰려든 일이 있어요.”

스톤 이글은 새 형태의 마물이다. 전체 길이가 3미터쯤 되는데, 그 배설물은 돌보다 더 단단하다고 책에 적혀 있었다.

스톤 이글은 단독행동을 주로 하지만 드물게 무리를 지어 행동하는 일도 있다.

즉 스톤 이글 무리가 이동하면 유성군같이 돌 똥이 쏟아지는 것이다.

“너무나도 수가 많아 저희만으로 섬멸하는 건 어렵다고 판단해서 티코 씨에게 응원을 요청했어요. 그러자 티코 씨는 순간이 동으로 현장에 나타나, 전격을 몇 방 발사해서 스톤 이글 무리를 격추하고 다시 모습을 감춰 버렸어요."

불과 몇 초 동안 벌어진 사건이었던 모양이다. 실로 대마법사다운 일화다.

그건 그렇고 전격 몇 방이라……. 좋겠다. 나도 빨리 대마법사가 되어서 화려한 마법을 사용해 보고 싶다!

"그 활약을 본 순간, 티코 씨는 제게 히어로가 됐어요! 물론 애쉬 씨도 제게는 히어로예요!"

"그러면 클로에 씨도 라인 왕국 사람들의 히어로예요."

"애쉬 씨에게 그런 말씀을 듣다니 감격이에요! 저, 앞으로도 열심히 일할게요! 두 분처럼 강해져서 모두가 안심하고 살 수 있는 나라를 만드는 데에 공헌하겠어요!"

의욕에 가득 찬 사람을 보니 이쪽까지 의욕이 생긴다. 카마이타치가 발생했을 때는 무슨 일이 터지지나 않았을까 아찔했었지만, 여기서 클로에 씨와 이렇게 만나 정말로 다행이다.

"그럼 또 어딘가에서 봬요."

클로에 씨에게 작별을 고하고 나는 폐허로 되돌아갔다.

◆

초대 파트너와의 너무 이른 이별로부터 사흘이 지났다.

이날, 우리는 울창한 정글을 걷고 있었다.

지면 사정이 열악한 숲은 초원 이상으로 걷는 데 체력을 소모한다. 나는 피로를 느끼지 않지만 함께 걷는 누아르 씨는 언뜻 보기에도 녹초가 되어 있다.

최북단 유적으로 향할 때 눈을 치운 요령으로 입김을 불면 길을 만들 수 있으나…… 자칫하면 암흑기사의 전철을 밟게 된다. 그런 심장에 나쁜 경험을 하는 건 이제 지긋지긋해서 무턱대고 나무를 날려 버릴 수는 없다.

누아르 씨에겐 미안하지만 있는 그대로의 자연에 맞서야 한다. 물론 최대한의 서포트는 하겠지만.

"물 마시고 싶어."

누아르 씨가 물을 요구해서 나는 즉각 물통을 건넨다. 걸으면서 마시면 넘어질지도 모르기 때문에 적당한 바위에 걸터앉아 잠깐 쉬기로 했다.

누아르 씨는 맛있게 꿀꺽꿀꺽 물을 마시고 한숨을 돌린 다음, "이 앞에 있는 건 정말로 인간일까?" 하고 물었다.

새삼스러운 질문이지만 그런 생각이 드는 것도 무리는 아니다.

이 숲은 세상과의 관계를 끊기엔 안성맞춤인 장소이지만 아무리 그래도 너무 비경이다.

마을에서 떨어진 장소는 그 밖에도 있는데 왜 티코 씨는 이 숲을 선택할걸까. 그건 티코 씨에게 물어보지 않고선 알 수 없고, 굳이 이유를 물어봐야겠다는 생각도 들지 않는다. 어디에 살든 티코 씨의 자유니까.

또한 이사하는 것도 티코 씨의 자유이다.

클로에 씨의 이야기로는 티코 씨는 이 숲에 산다는 모양이나 그건 과거에 얻은 정보다. 이사했을 가능성도 있다.

그 경우, 이 앞에 있는 빨간 점의 주인은 다른 사람이라는 얘기가 된다. 또 그것이 인간인지 마물인지는 실제로 그 자리를 찾아가지 않으면 확인할 방도가 없다.

"여하튼 지금은 빨간 점이 있는 장소로 가 보는 수밖에 없어."

만약 마물이라면 내가 해치운다. 그리고 또 다른 빨간 점으로──티코 씨에게로 향하는 거다.

"나는 너를 따라갈게."

이야기가 정리되고 휴식을 마친 우리는 다시 걷기 시작했다.

그렇게 조금씩 휴식을 끼면서 걷기를 3시간──. 해가 기울고 숲이 석양에 물들 무렵, 우리는 넓게 트인 장소로 나왔다.

풀 사이 드러난 흙 위에 목조 집이 우두커니 서 있다.

"뭐라고 할까, 반가운 느낌이 드는 장소야."

"네가 태어난 고향하고 비슷해서?"

"아니. 태어난 고향은 아니고 『마의 숲』을 닮았어. 거기가 딱 이런 분위기였거든. 나랑 스승님도 저런 집에 살았었어."

손으로 하나하나 만든 느낌이 가득한 집을 보고 있자 『마의 숲』에서의 나날이 생각난다. 여기서라면 수행에 집중할 수 있을 것 같다.

"너희 집에 가 보고 싶어."

"조만간 안내할게. 나도 스승님을 보고 싶으니까. 그런데 빨간 점에 움직임은 없어?"

"지금 볼게."

누아르 씨는 강자가 있는 곳을 나타내는 지도를 열고 고개를 끄덕였다.

"움직이지 않았어. 빨간 점은 저 안이야."

집에 살고 있다는 것은 빨간 점의 주인은 인간―― 티코 씨라는 뜻이 된다. 드디어 티코 씨와 대면한다고 생각하자 긴장으로 목이 말랐다.

물을 마셔 목을 축이고, 집에 다가가서 우리는 문 앞에 선다.

이 얇은 문을 사이에 둔 앞에 새 스승님이 있다. 과연 티코 씨는 나를 받아들여 줄 것인가.

샤름 씨의 소개를 받았다고 설명하면 문전박대는 당하지 않겠지만 제자로 들어갈 수 있을지는 별개의 문제다.

조금이라도 좋은 인상을 주기 위해서 예를 갖춰 인사해야겠다!

"노크는 주의하는 편이 좋겠어. 네 손, 떨고 있는걸."

노크하기 직전, 누아르 씨가 황급히 지적해 주었다.

"고, 고마워. 살았어."

위험할 뻔했다. 떨리는 손으로 노크하다 문을 부쉈을지도 모른다. 충분히 의식하면 힘 조절을 그르칠 일은 없지만, 의식하지 않으면 힘이 들어가 버리니까 말이다.

그러나 마음을 가라앉히려고 의식하면 할수록 『실패는 용납되지 않는다』고 의식하게 돼서 긴장감에 손이 떨리고 만다.

"긴장을 풀 때는 가슴에 손을 대면 좋아."

"이렇게?"

"잘하네. 그리고 천천히 심호흡하면 돼."

"이렇게?"

콰아아아아아앙!!!!!!!!!

티코 씨의 집이 날아갔다.

마치 『아기 돼지 삼형제』의 늑대가 된 기분이다.

"집이 사라졌어."

"……그러게."

"내 조언 때문이야."

"아냐, 이건 내 잘못이야. 내가 주의 깊게 심호흡을 했다면 이렇게는 되지 않았을 거야."

스승님의 집을 날려 버리다니……. 이 이상 첫인상을 나쁘게 만드는 행위가 또 있을까? 현실에서 일어났다고는 생각되지 않는, 악몽과 같은 사태다.

제발 악몽이라면 깨어다오!

"……."

눈을 꾹 감았다 조심스럽게 다시 뜨자 집의 잔해가 흩어져 있었다. 역시 꿈은 아닌가 보다.

"결과적으로는 다 잘될지도 몰라."

누아르 씨가 내 등을 툭툭 두드리며 격려해 준다.

그 마음은 고맙지만 골렘이나 암흑기사 때와는 상황이 다르다. 만약 티코 씨가 집 안에서 누군가의 습격을 받는 중이었다고 해도 한꺼번에 날려 버린 꼴이니까 말이다.

티코 씨에게 문전박대 당하는 미래밖에 안 보이고, 차라리 돌려보내지는 게 낫겠다는 생각마저 든다.

나를 돌려보낸다는 것은, 티코 씨는 무사하다는 뜻이니까.

여하튼 지금 내가 할 일은 하나.

티코 씨의 안부를 확인해야 한다.

"뭔가 엄청난 소리가 났네. 벼락이라도 떨어졌나?"

집이 있었던 장소에 발을 들이려고 했을 때 갑자기 잔해가 움직였다. 그리고 잔해 속에서 웬 여자가 모습을 드러낸다.

온화해 보이는 용모의 금발 여성이다. 잔해 속에서 나왔다는 것은, 원래는 집에 있었다는 말이다.

그렇다면 바로 이 사람이 티코 씨가 틀림없으리라.

"죄송합니다! 티코 씨의 집을 부숴 버렸어요! 다친 데는 없나요?"

티코 씨는 나를 염려하듯이 평온한 미소를 짓는다.

"아무렇지도 않아. 공구를 가지러 지하실에 갔었거든. 보시다시피 팔팔해. 그러니까 책임을 느낄 건 없어."

"그런가요……."

티코 씨가 다치지 않아서 정말로 다행이다…….

내가 가슴을 쓸어내리고 있자 티코 씨는 주변을 한 바퀴 둘러본다.

"그건 그렇고 통풍이 많이 좋아졌는걸."

"죄송합니다……."

"신경 쓸 거 없어. 요즘 창이 낡아서 그런지 잘 열리지 않아 곤란했던 참이거든. 창을 수리하는 수고를 덜어 줘서 고마워."

그렇게 말하고 티코 씨는 공구함을 바닥에 놓는다. 무척이나 긍정적인 사람이다…….

"정말로 죄송합니다."

"나도 사과할게. 애쉬에게 심호흡을 권한 건 나니까."

누아르 씨가 나와 함께 사과해 준다. 잘못은 내가 했는데…….

머리를 숙이는 우리를 보고 티코 씨가 싱긋 미소 지었다.

"사과할 거 없어. 만물은 언젠가 부서지는 운명이니까 말이지. 우리 집의 수명은 오늘이었다. 단지 그뿐이야."

놀라울 정도로 차분한데…… 그만큼 정신력이 엄청나게 단련되어 있다는 얘기겠지.

마력의 힘은 정신력과 밀접하게 관계되어 있다―― 즉 티코 씨는 최강 클래스의 마법사라는 거다.

좋은 첫인상을 주지는 못했지만, 감사하게도 티코 씨는 용서해 주었다.

그 그릇의 크기와 강인한 정신력을 앞에 두고, 나는 더욱더 티코 씨의 제자로 들어가고 싶어졌다.

이 사람 밑에서 수행한다면 강해질 수 있다. 그러한 확신이 든

것이다.

"그런데 너는 애쉬 군이지?"

"저를 아시나요?"

"너를 모르는 사람은 없지. 그리고 저번에 샤름한테서 연락이 있었어. 너랑 누아르를 잘 부탁한다고 하더라."

샤름 씨 덕분에 희망이 보인다.

엘슈타니아에 돌아가면 성심성의껏 사례해야겠다.

"그러니까 일단 우리 집에 들어오도록 해."

"어디서부터가 집인데?"

"이 주변."

현관이 있었던 장소를 가리키는 티코 씨.

우리가 문턱을 넘어 집으로 들어가자 티코 씨는 등받이가 날아간 의자에 앉았다.

"의자는 세 개 있으니까 너희도 의자를 찾아서 앉으면 돼."

우리는 의자를 찾는다. 하나는 찾았지만 누아르 씨는 등받이 밖에 찾지 못했다.

"내 의자에 앉아도 돼."

사양하는 누아르 씨를 의자에 앉히고 나는 그 옆에 선다.

이야기를 들을 준비가 끝났을 즈음에 티코 씨가 온화한 말씨로 말한다.

"샤름한테 들었어. 애쉬 군은 내 제자가 되고 싶어 한다고 말이지."

"네. 저, 대마법사가 되어서 엄청나게 화려한 마법을 사용하는 게 꿈이에요! 티코 씨 밑에서 마력을 단련하고 싶어요!"

"그러도록 해."

"저, 정말로요?!"

"정말이지. 너는 엘슈타니아에 강림한 마왕을 무찔러 줬으니까. 네가 없었다면 나는 소중한 친구를 잃었을 뻔했어. 만물은 멸하는 운명이라곤 하지만, 소중한 친구를 잃는 건 괴로운 일이니까. 그러니 수행 정도라면 얼마든지 받게 해줄게."

다만, 하고 티코 씨는 다음 말을 잇는다.

"수행을 받는 데 있어서 한 가지 부탁하고 싶은 게 있어. 우선 그 부탁을 들어주면 좋겠는데."

"제가 할 수 있는 일이라면 뭐든지 할게요! 그래서 부탁이라는 건?"

"집수리를 도와줬으면 해."

그 부탁을 거절한다는 발상은, 내게는 없었다.

　티코 씨의 제자로 들어가고 3주가 지났다.

　이날, 힘 조절을 실패한 심호흡으로 날아간 집의 재건이 드디어 끝을 맞이했다.

　"으앗싸! 끝났다!"

　힘 조절에 주의하여 승리의 포즈를 취한다.

　가능하면 일주일 이내에 마치고 싶었으나 스승님의 집을 적당히 지을 수도 없고, 긴장을 늦추면 힘 조절에 실패해 버리니까 건설 중인 집을 부숴 버리지 않게 조심 또 조심하다 보니 3주나 걸린 것이다.

　다행히도 지하실이 있으니 잘 장소는 곤란하지 않아서 차분히 시간을 들일 수 있었다.

　"썩 괜찮게 완성됐군……."

　기합과 애정을 담아 지은 집을 바라보고 있자 감개무량해진다. 무언가를 달성한다는 건 참으로 기분 좋은 일이다…….

　이크, 감상에 취할 때가 아니다! 나는 지하실에 있는 티코 씨에게 집이 완성됐음을 보고한다.

　티코 씨는 점심을 만들고 있었던 듯 지하실은 달콤한 향기에 휩싸여 있었다. 누아르 씨에게 불을 보라 하고 나와 티코 씨는 밖으로 나간다.

"어, 어떤가요?"

그리고 설레는 마음으로 티코 씨의 반응을 살핀다. 강인한 정신력을 지닌 티코 씨는 표정의 변화가 희박해서 감정을 읽을 수가 없다.

물끄러미 집을 바라보고 있었던 티코 씨는—— 응, 하고 만족한 듯이 고개를 끄덕인다.

"아주 좋아. 일 처리가 꼼꼼하구나."

아자!

"감사합니다!"

"감사 인사는 내가 해야지. 지은 지 12년. 언제 무너질지 몰랐던 집을 이렇게 멋지게 다시 지어 줬으니까. 네가 집을 부숴 줘서 정말 살았어."

"티코 씨······."

"너는 좋은 파괴신이구나."

"티코 씨······!"

잇따른 칭찬에 나는 그만 울 뻔했다.

집을 날려 버렸을 때는 어떻게 되나 싶었는데, 마음에 드셔서 천만다행이다.

그건 그렇고······ 내가 날려 버린 집이 지은 지 12년 된 거였구나.

외관은 확실히 그 정도 돼 보이긴 했지만—— 그렇다면 티코 씨는 12년이나 이 숲에서 살고 있다는 얘기다.

티코 씨는 스물여덟 살이니까, 열여섯 살 무렵에는 이미 여기에 살고 있었다는 말인데.

규모에 상관없이 마을에는 마물 퇴치 결계가 쳐져 있지만, 이 숲에는 없다. 여기서는 언제 마물이 덮칠지 모른다. 그런 장소에서 혼자 생활한다는 것은 자신의 힘에 자신이 있다는 뜻이다.

즉 열여섯 살 무렵부터 티코 씨는 우수한 마법사였다는 얘기가 된다.

대체 어떤 수행을 하면 열여섯 살에 그렇게까지 강해질 수 있을까.

"티코 씨는 왜 혼자 살기로 한 건가요?"

티코 씨의 인생을 앎으로써 마력을 높일 단서를 찾을 수 있을지도 모른다.

"예전의 나는 너와 똑같았어."

"저와 똑같다……?"

그렇게 말해 주는 건 영광이지만 나와 티코 씨가 그렇게 비슷한가?

티코 씨는 늘 차분하고, 마력이 심상치 않게 높고, 여자이고…… 나와는 전혀 비슷하지 않아 보이는데.

"나는 어렸을 때부터 필사적으로 수행했었어."

똑같다.

"왜 수행을?"

필사적으로 수행하는 데에는 목표를 빼놓을 수 없다. 내게는

『대마법사가 된다』라는 목표가 있었는데…… 티코 씨의 목표
는 과연 뭐였을까?

"기뻤거든. 수행하면 할수록 새로운 마법을 사용할 수 있게
되는 게 말이지."

과연. 그거라면 필사적으로 수행하게 되는 것도 납득이 간다.

나는 아직 카마이타치밖에 못 쓰지만, 마력을 단련함으로써
새로운 마법 사용할 수 있게 되니까 말이다.

할 수 없는 것을 할 수 있게 되는 건 아주 기분 좋은 일이다. 그
러기 위해서 노력을 거듭한 티코 씨의 마음은 잘 알겠다.

"매일 참 많이 수행했지……. 깨달았을 때는 너무나 강해져
있었어. 마법 기사단으로부터 끈질기게 입단을 권유받을 정도
로 말이야. 하지만 나는 자신의 시간을 소중히 하고 싶었지."

티코 씨는 마이 페이스인 사람이니까, 자신의 시간을 소중히
하고 싶은 마음은 잘 알겠다. 그래서 티코 씨는 이 숲에서 조용
히 살기로 한 것이다.

"그 당시부터 샤름 씨와는 사이가 좋았나요?"

"샤름과 알게 된 건 5년 전이야. 샤름이 말하길 이 숲에는 진
귀한 들풀이 산더미만큼 있다고 하더라고."

약의 재료를 모으기 위해서 이 숲을 찾은 샤름 씨는 티코 씨의
집을 빈집── 마법 기사단의 주둔지라고 착각한 모양이다.

약재를 조합하려고 집에 들어갔을 때 티코 씨와 마주쳤나.

"샤름은 여기를 마음에 들어 했어. 우리 집을 거점으로 삼고
싶다고 말을 꺼냈지. 나는 간섭받는 건 질색이지만, 혼자가 좋

은 건 아니라서 말이지. 그래서 샤름과 살기로 했어. ……설마 그렇게 대량의 약을 만들 줄은 몰랐지만."

샤름 씨가 조제한 약은 지금도 지하실에 남아 있는 모양이다. 샤름 씨가 집을 나갈 때 폐기해도 된다고 한 모양이지만 친구가 만든 약이라서 차마 버리지 못하는가 보다.

"어떤 약을 만들었는데요?"

순수하게 궁금해서 물어보았다.

샤름 씨는 전설의 약사인 콜론 씨의 제자다. 팔면 집도 지을 수 있을 정도로 가치가 있을 게 틀림없다. 그것이 어떤 효과를 가지고 있는지 궁금하지 않은 사람은 없을 것이다.

"글쎄, 어땠더라. 설명해 준 것 같은데 거의 듣고 흘려 넘겼었거든. 옳지, 시험 삼아 마셔 볼래?"

티코 씨가 농담 투로 말한다.

"제가 마셔 봐야 아무 효과 없을 거예요."

"어째서?"

"수행을 지나치게 해서 약이 잘 안 듣는 체질이 됐거든요."

"수행을 지나치게 하면 그렇게 되는구나."

내 체질을 알고도 티코 씨는 놀라지 않았다. 내가 몸을 너무 단련해서 약이 잘 안 듣는 체질이 된 것처럼, 티코 씨는 정신력을 너무 단련해서 잘 놀라지 않게 되었을 것이다.

그렇다는 건 마법사로서 수행을 지나치게 하면 나도 티코 씨처럼 된다는 건가? ……냉정하고 침착한 나의 이미지는 전혀 떠오르지 않는데.

"다 타겠어."

　티코 씨의 옛날이야기를 즐겁게 듣고 있는데 누아르 씨가 창으로 얼굴을 슬쩍 비쳤다. 지하실에서 만들고 있었던 점심 식사, 팬케이크에 위험이 닥쳤나 보다.

　지금 갈게, 하고 대답한 티코 씨는 시험하는 듯한 눈빛으로 나를 바라본다.

　"그럼, 이제부터 어떡할래? 피곤하면 수행은 내일부터 해도 되는데."

　"가능하면 오늘 바로 수행을 시작하고 싶어요!"

　나는 이 순간을 기다리고 있었으니까 말이다!

　하루라도 빨리 수행을 받게 해주면 좋겠다!

　티코 씨는 만족스러운 듯이 미소 짓고,

　"진짜 너는 그때의 나를 닮았어. ……하지만 그 기운이 언제까지 계속될까?"

　하고 갑자기 겁을 주는 듯한 말투가 된다.

　"대마법사가 되기 위해서라면 어떤 수행이든 견뎌내겠습니다!"

　"좋은 마음가짐이야. 그러면 너한테는 나 이상으로 가혹한 수행을 시키겠어."

　"티코 씨보다 가혹한 수행……이요?"

　"응. 예전의 나는 그럭저럭 마력이 있었지만 너는 그렇지 않은 것 같으니까. 당시의 나보다 가혹한 수행을 하지 않으면 나를 넘을 수 없어. 아니면, 힘든 수행은 싫으니?"

"아뇨, 아주 좋아해요!"

티코 씨는 나를 진지하게 생각해 준 것이다. 그렇지 않으면 가혹한 수행—— 오리지널 훈련 메뉴를 준비해 줄 리 없다.

모리스 할아버지도 그렇고, 티코 씨도 그렇고 나는 스승 복이 많구나.

"팬케이크가 불탔어."

누아르 씨가 창에서 얼굴을 슬쩍 내밀고 슬픈 목소리로 보고한다. 출발 때 사재기했었던 과자가 끝내 바닥을 드러낸 참이다. 달콤한 팬케이크는 누아르 씨의 요청 사항이기도 했으니, 완성을 기대하고 있었을 것이다.

"지하실에 물이 있으니 그걸 뿌리면 돼."

"그렇게 말할 줄 알고 꺼 놨어."

"좋은 판단이야."

티코 씨에게 칭찬을 받고 누아르 씨는 기쁜지 뺨이 말랑해졌다.

"하지만 팬케이크는 망쳤어."

"물을 뿌려서 점심 식사는 못 하게 되어 버렸지만 집은 무사해. 이 결과를 지금은 기뻐하자고."

정말로 긍정적인 사람이구나.

"그래도 먹으려고 하면 먹을 수 있어. 군데군데 무사하니까."

"그렇다는데…… 너는 어떡하고 싶어? 흠뻑 젖은 팬케이크는 싫으니?"

"저한테 호불호는 없어요! 그보다 배는 안 고프니 가능하면 지금 당장에라도 수행을 시작하고 싶습니다!"

티코 씨는 빙그레 웃는다.

"네가 수행을 바란다면 나는 그걸 이루어 줄 따름이야. 너는 내 부탁을 훌륭하게 이루어 주었으니까 말이지."

새로 지은 집을 사랑스러운 눈초리로 슥 본 다음 티코 씨는 발길을 돌렸다.

"나를 따라오도록. 이제부터 너를 수행장에── 예전에 《어둠의 제왕》이 거점으로 삼았었던 동굴로 안내해 주마."

◆

티코 씨의 안내를 받으며 나와 누아르 씨는 정글을 걷고 있었다.

"수행은 어떤 걸 하는 건가요?"

수행장이 《어둠의 제왕》의 거점이라는 것은 알았지만 거기서 무엇을 하는지는 모른다.

"《어둠의 제왕》과 싸우는 거 아닐까?"

"또? 아무래도 이제 더는 부활 안 하지 않을까……."

첫 번째는 반세기 전에 용자 일행이 무찔렀고, 두 번째는 『마의 숲」에서 내가 무찔렀고, 세 번째는 수련의 방에서 또 내가 무찔렀으니까 말이다. 엄청나게 끈질긴 마왕이지만 아무리 그래도 네 번째는 없을 것이다.

몸은 『마의 숲』에서 산산조각 나 부서졌고, 영혼은 시련의 방에서 분쇄됐다. 성불한 것도 똑똑히 확인했으니 이제 와서 싸울 일은 없을 터. ……어쩌면 전생해서 몇 년 후쯤에 싸우게 될지도 모르지만.

"네게 마왕의 거점을 걷게 할 거야."

티코 씨는 그렇게 말했다.

마왕의 거점은 전 세계에 있다. 그중 하나가 바로 이 숲의 동굴이다.

마왕은 많은 마물을 세뇌 마법으로 조종하고 있었으니, 그 잔당이 동굴 안에 숨어 있더라도 이상하지 않다.

"요컨대 동굴에 있는 마왕군 잔당을 해치우면서 걷는 거네요?"

아무래도 걷기만 하는 건 너무 쉬우니 말이다. 몰려드는 마물을 해치우면서 골을 향해 나아가는 게 티코 씨의 수행이라는 거다.

"동굴에는 많은 마물이 숨어 있으니까 싸우는 일도 있겠지. ──하지만, 내 수행은 어디까지나 걷기야."

"걷는 것만으로 수행이 되는 건가요?"

"체력이 붙어."

"체력은 이 이상 필요 없는데."

내가 원하는 것은 마력이다.

"네가 걷는 건 그냥 동굴이 아니야── 세계최장의 동굴이지. 게다가 암흑이라 아주 무서운 장소야."

티코 씨는 『세계최장』과 『암흑』을 강조한다.

"인간은 불안이나 공포와 같은 음의 감정을 이겨냄으로써 성장하는 생물이야. 육체적이 아니라, 정신적으로 말이지."

거기까지 설명을 듣고 나는 비로소 이해했다.

정신력을 단련함으로써 마력은 높아진다. 즉 티코 씨의 수행이란 『공포를 극복해서 정신력을 단련한다』라는 것이다.

"티코 씨는 그 수행으로 강해졌군요!"

"완전히 똑같지는 않지만. 나는 빛 마법 사용자니까 낮과 같이 밝게 하고 했어."

"그래도 수행이 되는 건가요?"

밝으면 공포는 반감될 텐데.

"설령 밝더라도 언제 출구에 다다를 수 있을지 모르는 동굴을 걷는 건 그것만으로도 충분히 무서운 법이지."

확실히. 티코 씨는 『목표에 도달하기 전에 힘이 다할지도 모른다』는 공포에 맞섬으로써 강해졌다는 말인가.

"하지만 너는 어지간해선 공포를 느끼지 않을 테니까 말이지."

확실히 『세계최장』만으로는 조금 부족한 감이 있다.

"그래서 『암흑』이라는 조건을 더한 거군요?"

"응. 거기에 식료품을 지참하는 것도 금지할 거야. 아무리 강해도 먹지도 마시지도 않고 걸으면 언젠가는 힘이 다 떨어질 테니까. ……아니면, 너는 뭘 해도 죽지 않는 거니?"

날 괴물이라고 여기는 건가?

먹지도 마시지도 않고 죽지 않는 인간이 있을 리가 없는데…….

"아무리 그래도 힘이 다하죠."

그게 아마 열 살 무렵이었나. 스승님에게 위저드 로드를 갖고 싶다고 졸랐더니 『지금은 일단 신체를 단련하라』라며 기각당한 일이 있다. 빨리 사주길 바란 나는 잠자는 시간은커녕 식사 시간마저 아껴 가며 수행을 하기로 했다.

결국 한 달을 먹지도 마시지도 않고 수행에 매진하자 걱정한 스승님이 말려서 중지했는데, 그대로 밥을 거른 채 수행을 계속했다면 머지않아 죽었을 것이다.

그러니까 걷기만 한다면 한 달 이상은 먹지도 마시지도 않고 살아갈 수 있지만, 목적지까지 며칠이 걸릴지 모르니까 말이다.

어쩌면 도중에 아사할지도 모른다.

그 공포를 극복함으로써 나는 강해질 수 있다!

의욕의 불꽃을 태우면서 걷고 있자 티코 씨가 멈추어 선다.

"도착했어. 여기가 마왕의 거점—— 세계최장의 동굴이야."

나무들 사이에 지하로 이어지는 계단이 있다. 평범한 동굴을 예상했었는데 지하동굴이었던 것인가. 이래서는 얼마나 길지

상상조차 가지 않는다.

그렇다 해도 내 결의는 흔들리지 않는다.

아무리 긴 동굴일지라도 언젠가는 출구에 다다르는 법.

그리고 도착했을 때 나의 마력은 비약적인 성장을 이루리라!

"다음은 언제 만날 수 있을까?"

동굴에 발에 들여놓으려고 했을 때 누아르 씨가 옷을 붙잡고 불안한 듯이 물었다. 비슷한 상황이기도 하고, 시련의 방 때가 생각난 걸지도 모른다.

"언제가 될지는 모르겠지만 꼭 돌아올게."

"……진짜?"

"응. 나는 반드시 살아서 돌아올 거야. 씩씩한 모습을 보여 줄게! 그러니 누아르 씨도 내게 씩씩한 모습을 보여 줘. 매일 밥 잘 챙겨 먹고 규칙적으로 생활해 줘."

힘차게 말하자 누아르 씨는 나직이 고개를 끄덕인다.

"알았어. 네 몫까지 밥 먹을게. 다음에 볼 때는 너보다 커져 있을지도 몰라."

내 긴장을 풀어 주려고 하는 건지 누아르 씨는 농담 투로 말했다.

뭐, 꼭 농담이라곤 단언할 수 없지만.

누아르 씨는 성장기—— 먹으면 먹은 만큼 성장하니까 말이다. 실제로 10개월 만에 다른 사람이 된 것처럼 키가 자랐었고.

"그때는 새 옷을 사야겠네."

"너와 쇼핑하는 날을 기대하고 있을게."

이야기하는 동안에 불안이 가셨는지 누아르 씨는 옷에서 손을 뗐다.

"그럼 다녀올게."

　그렇게 웃는 얼굴로 작별을 고한 나는 어둠이 펼쳐진 지하동굴로 발을 내디뎠다.

◆

　지하동굴에 진입하고 잠시 지나자 주변은 암흑에 휩싸였다. 밤눈이 밝기는 하지만 아무리 그래도 빛이 없으면 아무것도 보이지 않는다.

　어두컴컴한 장소를 방문한 일은 여러 번 있지만 진정한 의미에서 『암흑』인 곳을 방문하는 건 처음이다.

　첫 경험에 그만 가슴이 두근거린다.

"두근거리는 건 내가 정신적으로 미숙해서……겠지."

　다시 말해 이 두근거림이 가라앉았을 때 나는 정신적으로 성장한 것이 된다.

　아무래도 그것만으로 대마법사와 나란히 설 수는 없겠지만 성장하는 건 순수하게 기쁘다.

　한 걸음씩 착실히 성장해서, 언젠가 대마법사가 되고야 말겠다!

"그러기 위해서도 살아서 여기를 나가야 해!"

　며칠이 걸릴지는 모르겠지만 출구는 반드시 있다. 서두르지 않고, 초조하게 굴지 않고, 허둥대지 않고 자신의 페이스로 나아가도록 하자.

우두둑!

통로를 손으로 더듬어 나아가는데 무언가가 부서졌다. 손끝에 까칠까칠한 무언가가 붙어 있다.

혹시 벽을 부숴 버린 걸까.

다시 손으로 더듬어 보니…… 부서진 『무언가』의 안쪽은 텅 빈 것 같았다. 벽을 한 장 사이에 둔 앞에 다른 통로가 있다.

요컨대 나는 지름길 코스를 만들어 버린 셈이다.

"아니, 이 공동은 외길인가?"

미로 같은 구조라면 지름길 코스의 끝은 막다른 곳으로 되어 있을지도 모른다. 만일을 위해 최초의 통로를 걷는 편이 좋을 것 같다.

"으음…… 이쪽이 지금 만든 지름길 코스 입구겠지? 그렇다는 건 이쪽이 조금 전까지 걷고 있었던 통로인가? 진행 방향은 이쪽이 맞는 거고? 혹시 내가 지금 입구 쪽을 향하고 있는 건?"

이토록 어두우니 뭐가 뭔지 전혀 모르겠다. 일단 걷기 시작했지만, 어디로 향하고 있는지는 모른다.

우두둑! 우두둑!

자꾸 벽을 파괴한다.

이런 상태로 진짜로 출구에 도착할 수 있을까? 조금 불안해졌다.

그리고 불안을 느끼는 건 정신적으로 미숙하다는 증거.

즉 아직 성장의 여지가 있다는 말이다.

——어떤 상황에서도 침착하게 있을 수 있는 정신력.

——불안이나 공포 등을 느끼지 않는 강철 같은 마음.

세계최장의 동굴을 돌파함으로써 나는 그것들을 손에 넣을 수 있다.

그리고 그것들을 손에 넣었을 때 내 마력은 성장을 이룰 것이다!

"어차피 아무것도 안 보여. 생각하고 있어 봤자 방법도 없고, 여하튼 걷는 수밖에 없어!"

막다른 길에 부닥쳐 헤매는 것을 각오하고, 나는 통로를 나아간다.

바스락바스락! ——퍼어엉!

어? 뭐지, 방금 들린 파열음은.

벽을 부쉈을 때의 소리와는 명백히 다른 소리에 나는 걸음을 멈춘다.

먼저 날갯짓 같은 소리가 들리고…… 그다음 무언가가 박살 나는 소리가 울렸지? 입에 흙 부스러기 같은 게 들어가 있으니, 내 안면에 무언가가 부딪치기라도 했나 보다.

"……마물인가?"

티코 씨도 이 동굴에는 마물이 서식하고 있다고 했었으니 분명 그럴 거다.

길을 잃은 것은 골치 아프지만, 마물이라면 걱정할 필요 없지. 나는 개의치 않고 걸어간다.

바스락바스락! ——퍼어엉!
바스락바스락! ——퍼어엉!
바스락바스락! ——퍼어엉퍼퍼어엉퍼엉펑펑펑퍼퍼어엉!

무슨 일이야! 아무리 그래도 마물이 너무 많잖아! 마물의 소굴이라도 헤매고 있는 건가? 폭죽을 터뜨린 듯한 파열음이었는데, 방금 그것도 마물이 부서지는 소리였을 터.

대체 어떤 마물이지? 날갯짓 소리가 들렸다는 것은 날 수 있다는 얘기잖아. 그런데 부서졌다는 것은…… 날개가 달린 바위?

"그런 마물이 있었나……."

빛이 있으면 알 수 있는데…… 정체가 수수께끼인 상태라 되게 답답하다.

집중해서 걷고 싶은데, 신경 쓰여서 도저히 그렇게 안 된다.

손가락을 문질러 마찰열로 옷을 태우면 마물의 정체도 알 수 있겠지만…….

"하지만 대마법사가 되기 위해서는 이런 거 하나하나에 신경 쓰면 안 되겠지."

지금 내가 할 일은 단 하나. 출구에 다다르는 것뿐이다. 그 밖의 것은 생각하지 않도록 하자.

투둑! 투둑!

무언가가 끊어지는 소리를 한 귀로 흘리면서 나는 묵묵히 통로를 계속 걸었다.

············

······················

·······································

···

······지하동굴에 들어오고 얼마나 시간이 지났을까. 캄캄했던 통로가 어렴풋이 밝아지기 시작했다.

골이 멀지 않은 것이다.

수행의 끝이 다가왔다는 것인데, 마력은 정말로 올랐을까.

그 점은 실제로 마법을 사용해 보지 않으면 알 수 없다.

하지만 이것만은 단언할 수 있다.

──나는 정신적으로 성장했다.

무엇보다 골이 가까워졌는데도 나는 지금 차분하다. 지금까지의 나라면 껑충껑충 뛰며 기뻐하다 박치기로 천장을 부수고 그대로 지상으로 나갔을 것이다.

지금이라면 자연스럽게 파트너를 사용할 수 있을 것 같다.

이전과 같은 슬픈 사고는 다시는 일어나지 않는다.

──위저드 로드를 꺼낸 것만으로도 암흑기사를 두 동강 내버린 마법사는, 마법사라곤 할 수 없지 않은가.

──물리적으로 카마이타치를 발생시키는 나는, 위저드 로

드를 들었을 뿐인 무투가가 아닌가.

그런 식으로 생각한 적도 있었다.

무기를 들고 있는 이상 무투가라고도 부를 수 없지만, 여하튼 내가 이상으로 삼는 마법사의 모습이 아닌 것만은 확실했다.

하지만 이번 수행으로 나는 변했다. 지금의 나를 보고 누아르 씨는 『애쉬 아크발드』임을 알아채지 못할지도 모른다.

그 정도로 많은 변화가 있었다.

그렇게 깊은 생각에 잠겨 있자 빛이 점점 밝아졌다.

그리고——.

"도착했다……."

나는 세계최장의 동굴을 뒤로했다.

오랫동안 암흑에 몸을 두고 있었기 때문에 처음에는 어렴풋하게만 보였지만—— 금방 눈이 익숙해지고 본 적이 있는 광경이 시야에 비친다.

여긴 입구잖아!

순간. 정말 일순간, 당황했다.

하지만 나는 금세 침착함을 되찾았다.

입구로 나왔다는 것은 분명 어딘가에서 길을 잘못 들었기 때문이다.

이를테면 지름길 코스를 타고 최초의 통로로 나와 버렸다든가. 빈번하게 벽을 부쉈으니 있을 수 없는 이야기는 아니다.

하지만 이 수행에서 중요한 것은 장시간 암흑을 계속 걸어서 공포를 극복하는 것.

어디로 나오느냐는 사소한 문제다.

다시 말해 나는 티코 씨의 수행을 완수한 셈이다.

이제 마법을 사용해서 수행의 성과를 확인하기만 하면 된다.

"일단 보고해야겠다."

지금 바로 마법을 사용해 보고 싶으나 누아르 씨도 걱정하고 있을 테고, 마법을 사용하는 건 무사함을 알리고 나서 해도 늦지 않다.

"……아."

티코 씨의 집으로 돌아가려다가 나는 옷의 얼룩을 깨달았다.

내 옷은 발밑에서부터 꼭대기까지 내가 아닌 남의 피로 인해 보라색으로 물들어 있었다. 또 군데군데에 가루와 체모가 붙어 있다.

대체 어떤 마물이었던 것이지? 수행 중엔 그렇게 신경 쓰였었는데 지금 와서는 아무래도 그만이라는 생각조차 든다.

"나는 이제 무슨 일이 있어도 놀라지는 않겠군……."

뭔가 냉철한 사이보그가 된 것 같다.

힘을 얻은 대신 나는 감정을 버리고 만 것이다.

그런 생각을 하고 있자 버석버석 수풀이 흔들리고──.

"여어. 빨리 왔네."

라며, 티코 씨가 나왔다.

그 손에는 누아르 씨한테서 빌린 것으로 보이는, 강자가 있는 곳을 나타내는 지도가 쥐어져 있었다. 빨간 점의 움직임을 보고 내가 돌아오는 것을 알고서 일부러 마중 나와 준 것 같다.

"빨리 왔다고 해야 하나……. 실은 입구로 나와 버렸어요."

티코 씨는 빙그레 웃는다.

"그럼 됐어. 이 동굴에는 애초부터 출구 따윈 없거든."

출구가…… 없다?

"그 말은 이 계단은 입구가 아니라 출입구였다는 얘긴가요?"

"응. 그런 거지. 출발 전에 출구가 여기라고 가르쳐 주면 너를 안심시키고 말 테니까. 출구가 어디에 있는지 모른다── 그게 불안을 낳는 거야."

나를 불안하게 만들기 위해서 비밀로 했다는 말인가.

티코 씨는 정말로 나를 생각해서 수행 메뉴를 고안해 주었구나.

"그래. 지금 이야기를 듣고 너는 무엇을 느꼈어? 놀랐니?"

나는 고개를 가로젓는다.

"놀라지는 않았어요. 스스로 생각해도 신기할 만큼 차분해요."

"그러니. 그럼 수행은 성공한 셈이구나."

"네. 덕택에."

대화를 나누는데 티코 씨 뒤에서 작은 아이가 나타났다.

세 살 정도 되는 여자아이다. 푸른색을 띤 머리카락도 그렇고, 졸린 듯한 눈매도 그렇고, 보면 볼수록 누아르 씨랑 빼닮았다.

혹시 누아르 씨의 동생인가?

하지만 누아르 씨에게 동생이 있다는 이야기는 들은 적이 없으니……. 있다고 해도 여기에 있을 까닭이 없는데.

"저기, 죄송한데 저 여자아이는?"

물어보자 여자아이가 다가왔다.

"나는 누아르야."

까무러칠 만큼 놀랐다.

정신력을 극한까지 단련했다고 생각했는데, 수행은 실패했다는 말인가? 아니, 정신력 같은 건 지금은 아무래도 좋다!

지금은 아무튼 누아르 씨의 무사를 확인해야 한다!

나는 웅크리고 앉아서 누아르 씨(?)에게 눈높이를 맞춘다.

"정말로 누아르 씨?"

"나는 진짜 누아르야."

"근데 왜 그렇게…… 몸이 줄었어?"

"팬케이크를 먹었더니 작아져 버렸어."

"팬케이크라니……. 내가 수행장으로 향하기 직전에 태운 팬케이크?"

"응, 그 팬케이크야."

그때 누아르 씨는 『물을 뿌려서 불을 껐다』고 했었다. 그렇다면 몸이 줄어든 원인은 그 물에 있을 것 같은데.

"몸이 줄어드는 물이라……."

짐작 가는 점이 너무 많다.

누아르 씨가 불을 끄는 데 사용한 물은 틀림없이 퇴화약이다. 분명 샤름 씨가 남기고 간 약을 불을 끄는 데에 사용한 것이리라.

퇴화약은 우연의 산물이라고 콜론 씨는 말했었지만 샤름 씨는 콜론 씨의 제자. 배합 센스는 비슷할 테니 같은 약을 만들어냈다고 해도 이상하지는 않다.

그렇다 해도.

"퇴화약은 냄새가 지독한데 용케 먹었네."

내가 알고 있는 퇴화약은 음식물쓰레기의 왕 같은 냄새가 났다.

아니면 샤름 씨의 퇴화약은 무취인가?

"토하는 줄 알았어."

역시 지독했던 모양이다. 그럼 왜 먹은 거지?

"그래도 너와 약속했는걸. 많이 먹고 커지겠다고. 그래서 먹었어. 그런데 작아져 버렸어."

누아르 씨의 눈에 눈물이 글썽인다.

"하지만 울지 않았어. 울지 않은 건 조금 장한 것 같아."

딱 부러진 얼굴로 말한다.

울지 않은 것을 칭찬해 달라는 소리 같다. 퇴화약은 외견과 내면을 세 살배기로 낮추는 약이니까 말이다.

정신적으로 어려져서 응석꾸러기가 된 것이다.

"잘 참았어. 기특하네."

누아르 씨는 기쁜 듯이 입술을 구부린다.

신체는 줄어들어 버렸지만 웃는 얼굴은 이전과 다름없다. 안

색도 건강해 보이고 일단 안심해도 될 것이다.

다만 나와 달리 자신의 의사로 세 살배기가 된 건 아니니까, 계속 이대로면 불쌍하다.

콜론 씨와 샤름 씨의 퇴화약이 완전히 같은 것이라면 3개월 후에는 원래대로 돌아오겠지만…….

"누아르 씨가 마신 약은 아직 남아 있나요?"

약의 성분을 조사하면 완전히 같은 것인지 아닌지 알 수 있을 터.

"누아르가 전부 팬케이크에 뿌려서 없어."

"그런가요……. 그럼 그 팬케이크는 남았나요? 아니면 누아르 씨가 전부 먹어 버렸나요?"

"한 입밖에 안 먹었어. 입안이 이렇게 됐으니까."

그때의 맛이 생각났는지 누아르 씨는 뭐라고 형언할 수 없는 표정을 짓는다. 작아지고서 약간 표정이 풍부해진 것 같다.

"걱정할 거 없어. 샤름의 약은 콜론 씨의 약과 완전히 같은 모양이니까 말이지."

전화로 확인한 모양이다.

"그러면 안심이네요."

문제는 효력이 떨어지는 타이밍이군. 느닷없이 몸이 커지면 내 경우같이 옷이 터질지도 모르니, 기일이 다가오면 큼직한 옷을 입혀 주도록 할까.

뭐, 그 일은 차차 생각하기로 하고──.

"저, 마법을 써 볼게요!"

냉큼 수행의 성과를 확인해 보자.

근처 나무에 다가가서 울퉁불퉁한 나무 표면을 손바닥으로 문질러 매끄럽게 만든다.

그 나무에서 조금 떨어진 위치에 서서, 허리춤에 찬 위저드 로드 홀더에서 파트너를 꺼냈다.

좋아! 아주 잘 뽑았어! 현재까진 순조롭다! 아니, 신나면 안 되지. 이런 건 마법사라면 당연히 해야 하는 일이니까. 평상심, 평상심…….

마음을 가라앉히고 차분하게 카마이타치의 룬을 그린다.

슈우욱.

종이에 연필을 문지른 듯한 소리가 들렸다.

"……흠. 아무래도 내 수행은 네게 맞지 않은 모양이야. 이 수행이 효과가 없으면 나는 어찌할 방법이 없어. 도움이 되지 못해 미안하구나."

"그렇지 않아요! 여기를 보세요!"

나는 매끈매끈한 나무를 가리켰다.

거기에는 칼집이 생겨 있었다.

처음부터 나 있었던 상처는 아니다.

바로 내가 카마이타치로 만든 상처다!

"이거, 성장한 거니?"

"네! 성장했어요!"

동쪽 유적에서 통나무에 낸 칼집보다 3밀리는 더 깊어졌다.

이 정도면 잎을 찢는 것도 가능하겠다!

암, 찢어발길 수 있고말고!

찢어발기는 마법—— 그것이 카마이타치가 응당 가져야 하는 모습이다!

"저, 찢어발길 수 있어요! 카마이타치를 능숙하게 구사할 수 있다고요!"

나는 흥분하고 말았다. 요즘 잠도 못 자고, 쉬지도 못하는 상황이 계속됐었는데 이 상태라면 오늘도 잠이 안 올 것 같다.

티코 씨의 수행으로 평상심을 유지하게 되었지만 기쁜 건 기쁜 거다!

그리고 수행 덕분인지 마법을 쓸 때는 차분하게 있을 수 있었고 말이다! 항상 차분한 건 아니지만—— 중요한 순간에는 차분하게 있을 수 있게 되었다. 그것만으로도 충분한 성장이다.

"저, 티코 씨 덕분에 강해질 수 있었어요! 이걸로 또 한 발짝 꿈에 다가갔어요! 정말로 감사합니다!"

티코 씨는 다정하게 미소 짓는다.

"너는 성격이 참 좋구나. 그렇게 기뻐하면 더 기쁘게 해주고 싶어지지."

"이미 충분히 기쁘게 해주셨어요! 이 상태로 더욱더 수행해서 반드시 대마법사가 되어 보일게요!"

누아르 씨보다 강한 사람은—— 스승님 후보는 또 있다.

그 사람들에게 수행을 받으면 나는 더욱 강해질 수 있다!

대마법사가 될 수 있다!

"수행의 성공을 축하해서 오늘은 진수성찬을 만들어 줄게."

"많이 먹을 거야."

"그러자! 오늘은 많이 먹자!"

그렇게 우리는 티코 씨의 집으로 향했다.

　세계최장의 동굴에서 귀환한 다음 날.

　흥분한 나머지 한숨도 자지 못한 채 새벽을 맞은 나는 누아르
씨가 깨지 않도록 조심하면서 방을 나왔다.

　그러자 지하실에서 달콤한 향기가 포근하게 날아왔다.

　티코 씨가 팬케이크를 굽는 중이었다.

　"좋은 아침입니다."

　지하실에 내려가자 티코 씨가 빙그레 미소 지어 준다.

　"여어, 좋은 아침. 어제는 잘 잤니?"

　"카마이타치를 구사할 수 있게 된 것이 너무 행복해서 한숨도
못 잤어요."

　지금도 이렇게 아무렇지도 않게 이야기할 수 있는 것이 신기
할 만큼 흥분된다. 수행 전의 내가 아니라면 흥분에 따른 과호
흡으로 무언가를 파괴했었을지도 모른다.

　하지만 아무것도 파괴하지 않았다. 세계최장의 동굴을 돌파
하여 정신력을 단련한 덕분이다.

　이번 수행은 마법사로서만이 아니라 일상생활에도 유익하게
작용할 것 같다. 그렇게 생각하니 티코 씨에게는 정말 감사한

마음뿐이다.

"한숨도 안 잔 거니. 너는 정말로 체력이 좋구나. 열흘이나 자지도 못하고, 쉬지도 못하고 걸었어, 보통이라면 그 자리에서 쓰러졌어도 놀랍지 않은데."

어제 들었지만 아무래도 나는 세계최장의 동굴에 열흘간 체류했었던 모양이다. 건축 작업을 수행 기간에 포함하면 이번 수행은 약 한 달로 끝난 셈이 된다.

그렇다. 불과 한 달 만에 나는 카마이타치를 마스터한 것이다. 무사 수행은 순항 그 자체. 다음 수행도 순조롭게 이루어지면 다음 달 지금쯤에는 새로운 마법을 마스터할지도 모른다.

마법을 사용하려면 상응하는 마력이 필요하다. 지금의 나로는 비행 마법을 발동시킬 수는 없으나, 마침내 카마이타치로 잎을 찢을 수 있게 됐으니까 여기서 한 단계 더 성장하면 그때는 그 마법을 사용할 수 있게 된다.

그 순간이 찾아오는 것에 마음을 부풀리고 있자, 티코 씨가 문득 생각난 것처럼 말한다.

"맞다. 못 잔다는 말이 나와서 그런데, 누아르는 불면증을 앓고 있는 거니?"

누아르 씨가 불면증?

"아뇨, 항상 쉽게 잠이 드는데……."

유적 순례 때는 나보다 빨리 잤었고, 초대 파트너가 부러진 날은 침대에 눕고 곧장 잤으니까 누아르 씨는 틀림없이 쉽게 잠드는 편이다.

그런데 이런 질문을 한다는 것은…….

"누아르 씨, 요즘 못 자나요?"

티코 씨는 고개를 끄덕이고,

"재우려고는 했는데 창에 얼굴을 찰싹 누르기만 해서 말이지. 하지만 뭐, 원래는 쉽게 잠드는 편이라면 네가 돌아오기를 몹시 기다려서 그랬던 것뿐이겠지."

누아르 씨, 그렇게까지 내 걱정을 해줬구나. 지금 대강 8시간 은 잤을 테니 슬슬 깨우려고 했었는데, 조금 더 자게 놔둘까.

"일단 앉는 게 어떠니?"

티코 씨의 권유에 나는 통나무 의자에 걸터앉는다. 이 집의 가 구는 심호흡으로 전멸했기 때문에 건축할 때 새로 만들었다.

"해서, 너는 나의 수행을 극복하였는데—— 다음 목적지는 정해져 있는 거야?"

"네. 라인 왕국 동쪽에 있는 숲에 갈 예정이에요! 강자가 있 는 곳을 나타내는 지도에 따르면 거기에 강자가 있는 것 같아서 요."

"흠. 동쪽의 숲이라면…… 혹시 그라프 숲인가?"

숲의 이름은 처음 듣지만 티코 씨가 그렇게 말한다면 『그라프 숲』이 틀림없을 거다.

"티코 씨는 그라프 숲에 대해 잘 아시나요?"

나는 기대를 담아 물어보았다.

다음 스승님은 그라프 숲에서 가장 강한 생물이다. 그라프 숲 을 자세히 안다면 그 『생물』에 짐작 가는 바가 있을 터.

그 생물이 마물이라면 싸워서 정신력을 단련하고—— 인간이라면 어떻게 해서든 제자로 들어가고 싶다. 물론 내 바람은 후자다. 마왕과 싸웠을 때보다 티코 씨의 수행을 받았을 때가 훨씬 성장했으니까 말이다.

"그라프 숲은 이사 갈 곳 후보였으니까 그럭저럭 잘 알아. 여러 비경을 돌고서 이 숲에 살기로 결정한 거거든."

"그라프 숲은 이 숲보다 더 비경이었나요?"

티코 씨는 사람과의 관계를 끊기 위해서 비경에 살기 시작했다. 하지만 오래도록 살아야 하는 이상 생활에 너무나도 적합하지 않은 장소—— 지나치게 비경인 장소는 피하고 싶었을 것이다.

"따지자면 이 숲이 더 비경이야. 다만 그라프 숲에는 먼저 온 손님이 한 명 있었지."

먼저 온 손님이라는 표현을 쓴다는 것은 인간이라는 뜻이겠다. 만약 마물이 상대였다면 해치우면 그만이었을 테니.

그렇다면 그 먼저 온 손님이 바로 다음 스승님일지도 모른다. 마물 퇴치 결계가 쳐져 있지 않은 장소에서 홀로 사는 건 보통 강하지 않으면 불가능하니 말이다.

"그 먼저 온 손님은 어떤 사람이었나요?"

"나랑 비슷한 또래의 여성이야. 아마, 밀로라고 했나?"

밀로 씨라.

그 나이에 강자라는 말은 티코 씨처럼 죽을힘을 다한, 동시에 특수한 수행을 했을 터.

그 방법을 배울 수 있다면 나는 더더욱 강해질 수 있다!

"티코 씨는 거주권을 걸고 밀로 씨와 싸웠던 건가요?"

"싸우지 않았어. 적의가 없었을 뿐 아니라 우호적인 대접을 받았거든."

우호적인 사람인가. 그렇다면 한시름 놓았다.

티코 씨와 만났을 때는 샤름 씨가 한마디 거들어 줬으나 다음에는 그런 게 없다. 밀로 씨가 우호적인 사람이라면 문전박대는 당하지 않을 것이다. 물론 무례한 태도를 보여 버리면 이야기가 달라지겠지만.

아무튼 일단 만나 봐야겠다!

"저, 그라프 숲에 가 볼게요!"

"응. 너라면 밀로 씨와도 친해질 수 있을 거야. 그런데 그라프 숲에는 어떻게 갈 생각이니?"

"최대한 빨리 제자로 들어가고 싶으니 최단 루트로 갈 거예요."

누아르 씨가 있으므로 지나친 강행군을 할 수는 없으나 최대한 일직선으로 나아간다. 그것이 그라프 숲으로 가는 최단 루트다.

"그러면 이 앞에 있는 산을 넘어야겠네."

"그렇게 되네요."

지도에 의하면 이 숲은 『ㄷ』자 모양의 산으로 둘러싸여 있다. 그라프 숲으로 향하려면 크게 우회하거나 산을 넘을 필요가 있다.

우회로를 선택하면 2주일 이상이나 불필요한 시간이 걸리니

산을 넘을 생각이다.

"그러면 두꺼운 옷을 입도록 해. 산을 넘으려면 『얼음 동굴』을 지나야 하거든."

"얼음 동굴이라고 하면…… 혹시 아이스 드래곤의 둥지를 말하는 건가요?"

아이스 드래곤은 극한(極寒)의 땅에 서식하는 마물이다. 영역 의식이 극도로 강하기 때문에 어느 정도 성장하면 부모 곁에서 쫓겨나는 모양이다.

그리고 독립한 후에는 아이스 브레스로 둥지를 튼다.

아이스 드래곤의 둥지는 전 세계에 몇 군데 있는데, 그중 하나가 티코 씨가 지금 말하는 얼음 동굴이다.

"맞아. 아득한 옛날, 얼음 동굴에는 아이스 드래곤이 서식했지. 이제는 없지만 그 영향은 아직도 남아 있어."

실제로 싸운 적은 없으나 아이스 드래곤의 아이스 브레스는 상당히 오래 지속되는 모양이다.

물론 둥지를 튼 직후와 비교하면 영향력이 많이 감소했겠지만…….

"얼음 동굴과 세계 최북단 중 어디가 더 추울까요?"

누아르 씨를 데리고 가는 이상 너무 추운 환경은 피하는 편이 좋다.

"그건 확실히 세계 최북단이야. 얼음 동굴은 두껍게 입으면 어떻게든 되는 추위니까 말이지. 그리고 추위보다는 마물 쪽이 더 위협적이야. 거기에는 아이스 드래곤 말고도 마물이 꽤 서식하고 있거든."

그렇다면 누아르 씨를 데리고 가더라도 문제없겠군. 다행히
도 두꺼운 옷은 많이 있고, 마물은 내가 해치울 거니 말이지.

문제가 있다고 한다면 두꺼운 옷의 사이즈가 너무 커서 누아
르 씨가 몸을 제대로 가누지 못한다는 점 정도다. 하지만 내가
누아르 씨를 안고 가면 아무 문제 없게 된다.

결정 났군.

"저, 얼음 동굴을 통과하겠습니다!"

"너라면 그렇게 말할 줄 알았어. 너희의 여행이 잘되길 여기
서 빌고 있을 테니 뭔가 곤란한 일이 있으면 언제라도 우리 집에
오도록 해. 너희라면 언제든지 환영이니까."

"네! 저, 반드시 대마법사가 되어 보일게요!"

내가 맹세하자 티코 씨가 빙그레 웃는다.

"이크, 다 된 모양이네."

맛있어 보이는 팬케이크가 완성됐다. 그 타이밍을 가늠한 것
처럼 누아르 씨가 눈을 비비면서 지하실에 왔다.

곧장 내게로 걸어와서 무릎 위에 걸터앉는다.

"안녕, 누아르 씨. 의자라면 또 있어."

"여기가 좋아. 네 곁에 있고 싶은걸."

세 살배기가 되고 누아르 씨는 응석받이가 되었다.

원래 모습으로 돌아가면 이때의 일을 생각하고 부끄러워할지
도 모르지만, 누아르 씨는 정신력이 강하니 금방 회복할 것이
다.

"그럼 오늘부터 이동 중에는 안아 줄게."

아직 어린 아이에게 장거리를 걷게 할 수는 없으니까 말이다.

풍압이 터무니없어지므로 전력으로 뛸 수는 없지만, 그래도 그냥 걷기보다는 안고 이동하는 편이 다음 목적지까지 빨리 도착할 수 있다.

"안아 주면 좋겠어."

누아르 씨도 내키나 보다.

"자, 그럼 아침 먹자."

그렇게 티코 씨의 수제 팬케이크를 맛보고 우리는 집을 나섰다.

◆

나무들이 찢어발겨진 숲속에 두 거구가 우뚝 서 있었다.

쌍방 모두 비슷한 신장에 비슷한 갑옷을 입고 있다.

차이라고 하면 한쪽은 전신이 눈처럼 하얗고, 또 다른 한쪽은 불처럼 빨간 점 정도다.

『도무지 돌아오지 않아서 상황을 보러 와 보니…… 설마 두 동강이 나 있을 줄이야. 이 예리한 단면을 봐라. 이놈을 장사 지낸 건 상당한 강자가 확실해.』

새하얀 갑옷 무사가 발밑에 쓰러진 검은 갑옷을 물끄러미 쳐다보며 말한다. 그런 매우 차분한 하얀 갑옷과는 대조적으로, 그 옆에 우두커니 선 붉은 갑옷은 피가 끓고 있는 모습이었다.

『아무리 강하더라도 결국 인간 아닌가. 설마 인간 놈들에게 당할 줄이야. 약하다고는 생각했었지만 이 정도로 약하리라고는 생각 안 했어! 이 마왕의 수치 같으니!』

새빨간 갑옷 무사가 발밑에 쓰러진 갑옷을 짓밟는다. 그 순간 ——

좌아악! 하고, 순식간에 끓어오르듯이 거품이 일고 검은 갑옷은 소멸했다. 그 여세가 여기저기 퍼지고, 숲이 잿더미로 돌아간다.

잿더미가 눈발처럼 흩날리는 가운데 새하얀 갑옷 무사는 몹시 차분한 태도로 말했다.

『하지만, 레드 로드여. 아무리 우리 가운데 최약이라고 해도 이 타이밍에 블랙 로드를 잃는 것은 조금 심한 타격이 아닌가.』

『무슨 소리. 서열 최하위가 어떻게 되든 간에 우리에게는 사소한 일에 불과해.』

확실히 블랙 로드, 《검은 제왕》은 있든 없든 차이가 없을 정도로 형편없는 송사리다. 검은 말의 힘을 빌리지 않으면 이공간을 오갈 수조차 없는 수준이니 말이다.

『송사리가 죽은 정도로 당황할 줄은 몰랐다. 《하얀 제왕》이라는 자가 대체 무엇을 겁내고 있는 거냐.』

『허허허. 이 내가 겁을 낼 리 없지 않은가. ——다만 우리의 사명을 생각하면 이게 유쾌하지 않은 일이라는 것 정도는 알잖는가?』

『물론이다. 모든 세계를 돌고, 강자를 발견하여, 우리의 동포로 맞아들인다. 그것이 우리에게 주어진 사명. 우리에게 필요한 것은 강한 동포── 따라서 송사리의 죽음 따윈 사소한 일에 불과해.』

『그 생각은 부정하지 않는다. 지금 우리가 신경 써야 할 것은 《검은 제왕》을 죽인 자의 정체다.』

서열 최하위라곤 해도 《검은 제왕》은 세계를 멸망시킬 힘을 지니고 있다. 인간에게 패배할 만큼 약하지 않고── 실제로 100년 전에 이 세계를 습격했을 때는 상처 하나 없이 귀환했다고 들었다.

인간들 사이에 위기감을 조성해 성장을 촉구하고, 지극히 강해진 자를 동포로 맞이한다──. 이전에는 장난을 쳤을 뿐이지만, 이번에는 강자에게 동료가 될 것을 권유하기 위하여 진심으로 세계를 멸망시키려고 했을 터.

그런데도 전력을 다했을 《검은 제왕》이 두 동강이 났다.

아득한 옛날에 《검은 제왕》을 끌어들인 《하얀 제왕》으로서는 그것을 실행한 인간의 정체를 확인해야만 한다.

그리고 새로운 동포로 맞아들인다. 다가올 《약속의 시간》 라그나뢰크에 대비하여.

하지만 《붉은 제왕》은 그렇게는 생각지 않는 모양이다.

『인간 따위 아무래도 상관없지 않나. 라그나뢰크는 코앞까지 다가왔다. 우리만으로 충분하지 않겠어.』

『허허허. 여전히 어리석군그래.』

『어리석다고?! 네 이놈, 나를 우롱하느냐!』

살기가 끓어오르는 《붉은 제왕》의 모습에도 《하얀 제왕》은 여유를 잃지 않았다.

『너, 이 나에게 도전할 생각이냐? 내 힘을 모를 리 없을 텐데.』

『나보다 서열이 하나 위라고 해서 우쭐대지 마라. 확실히 네놈의 힘은 성가시지만──그렇게 멀리는 되돌아가지 않겠지.』

『진심으로 그렇게 생각한다면 사양할 필요 없다. 덤벼라.』

여유를 띠고 말하자……《붉은 제왕》은 주먹을 내렸다.

『허허허. 그걸로 됐다. 지금은 동료끼리 싸우고 있을 때가 아니니까. 무엇보다 우리와 마찬가지로 저쪽도 힘을 모으고 있을 테니 말이지. 따라서 지금은 권유를 계속해야 한다.』

『하지만 송사리를 늘려 봤자 무슨 의미가 있지? 네놈이 데려온 《검은 제왕》이 이 꼴이 났는데? 우리에게 비견할 수 있는 강자는 이제 이 세상에는 존재하지 않아!』

『그렇게 단정할 수는 없어. 우리에게 비견할 수는 없을지도 모르지만──《검은 제왕》을 죽인 인간은 우리의 동포가 될 자질을 충분히 갖추고 있다. 나머지는 본인에게 그럴 마음이 있는지 확인하는 것뿐. 그리 시간은 걸리지 않겠지.』

『그렇다면 그 역할, 내게 맡겨라.』

『그럴 수는 없지. 너는 권유할 때 시험한다는 구실로 죽여 버리니까. 과거에 후보자를 얼마나 죽였는지 아나.』

『송사리 숫자는 기억 안 해. 네놈도 마찬가지일 텐데.』

『부정은 하지 않겠다. 하지만 이번만은 내게 맡겨라. 나라면 권유에 실패하더라도 《검은 제왕》을 소생시킬 수 있으니까 말이다.』

　서열 최하위라 해도 조금은 쓸모가 있을 것이다. 이를테면 적진에 돌진시켜 상대의 실력을 살피는 데에 쓴다든가.

　『그러면 나는 네놈이 돌아올 때까지 심심풀이로 인간 사냥을 즐기도록 하지.』

　『마음대로 해──라고 말하고 싶은 바지만, 너는 일단 발할라로 돌아가 동포들에게 이번 건을 통보해라.』

　『……알았다. 인간 사냥은 나중에 즐기기로 하겠다.』

　『허허허. 그때는 나도 즐겨볼까.』

　『흥. 마음대로 해라.』

　내뱉듯이 그렇게 말한 다음 《붉은 제왕》은 세계 이동(월드 워크)으로 공간에 균열을 발생시키더니 이 세계에서 모습을 감췄다.

　『어디, 그럼 나도 가 보도록 할까.』

　마법으로 강자가 있는 곳을 파악한 《하얀 제왕》은 이 세계에서 『얼음 동굴』이라고 불리는 장소로 순간이동 했다.

◆

　우리가 얼음 동굴에 도착한 것은 티코 씨의 집을 떠나고 사흘째 된 정오 무렵이었다. 아이스 드래곤의 영향력은 아직껏 건재한 듯 산 표면에 빠끔히 난 공동으로부터 냉기가 새어 나와, 초목이 모두 얼어붙어 있다.

"옷 다 갈아입었어. ……아으."

복슬복슬한 상의를 걸친 누아르 씨가 엉덩방아를 찧고 만다. 옷이 너무 커서 걷기 힘들기 때문이다.

미끌미끌한 통로를 혼자서 걷게 하는 건 위험하니, 당초의 결정대로 누아르 씨를 안고 나아가야겠다.

"좋아, 출발!"

얼음으로 뒤덮인 동굴에 발을 들여놓자 크고 작은 다양한 통로가 있었다. 갑작스러운 갈림길이지만 나는 당황하지 않고, 허둥대지 않고 널찍한 통로를 선택한다.

"너는 여기에 온 적이 있어?"

"처음 왔어. 왜?"

"걸음에 망설임이 없으니까. 출구가 어디에 있는지 알고 있는 거야?"

"왠지 모르게 알겠어."

아이스 드래곤은 거구니까 출구로 이어지는 통로는 아이스 드래곤이 넉넉하게 지날 수 있을 만큼 널찍할 것이다.

티코 씨가 말하길 『얼음 동굴에는 마물이 있다』고 했으니 좁은 통로는 또 다른 마물의 둥지로 연결되어 있을 것이다.

"현재로선 완만한 오르막길이 계속되고 있으니 출구는 아마도 산꼭대기 부근에 있지 않을까."

"전망이 좋을 것 같아."

"그러게. 거기서 주변을 둘러보면 마을을 찾을 수 있을 거야."

가능하면 오늘 중으로 마을에 도착하고 싶은 바다.

며칠이고 노숙이 계속되면 누아르 씨의 건강을 해칠지도 모르고, 가끔은 침대에서 쉬게 해야 한다.

나는 약간 페이스를 올린다. 너무 가속하면 누아르 씨가 풍압으로 찌그러지겠지만 그렇다고 너무 느긋하면 얼어 버릴 테니 말이다.

가르르르르르——!

통로를 뛰어 올라가자 으르렁거리는 소리가 울렸다.

근처 동굴에서 새하얀 늑대 무리가 튀어나온 것이다.

"새하얀 마물이야."

"저건 화이트 울프야."

화이트 울프는 추우면 추울수록 강해지는 마물이다. 따뜻한 장소라면 샌드 앤트의 먹이가 될 만큼 약하지만, 이런 추운 곳에서는 신체 능력이 이상할 정도로까지 향상되고 흉포해진다고 책에 쓰여 있었다.

아이스 드래곤이 죽은 지금 얼음 동굴의 지배자는 저 화이트 울프가 틀림없다.

"가까이 왔어. 물리면 아플 것 같아."

화이트 울프 무리가 뛰어와서 날카로운 이빨을 드러내고 덤벼든다——!

후우웁.

숨을 내쉬어 격퇴하고 우리는 앞으로 나아간다.

통로를 빠져나가자 뻥 뚫린 공동으로 나왔다.

천장은 아득히 높아서 꼭대기가 희미하게 보일 정도다.

틀림없이 여기는 아이스 드래곤의 잠자리였던 장소일 것이다. 널찍한 공동에는 많은 뼈가 어지러이 흩어져 있다.

"저기에 커다란 뼈가 있어."

"저건 아이스 드래곤의 뼈야."

부패할 만한 환경도 아니고 사후에 화이트 울프가 먹었을 것이다.

아무튼 여기가 아이스 드래곤의 생활공간이었다는 것은, 출입구가 이 근처에 있다는 뜻이다.

아이스 드래곤은 하늘을 나는 마물이니 출입구는 천장일 터.

양손을 사용해 벽을 기어오르면 누아르 씨를 떨어뜨릴 우려가 있으니, 누아르 씨를 안은 채 벽에 발을 푹 찔러 걷는 편이 안전할 듯하다.

"저기에 예쁜 꽃이 있어."

"정말이네. 이런 곳에 꽃이 있다니 신기하다."

이곳은 꽃이 자랄 만한 환경이 아니니까, 필시 원래 피어 있었던 꽃이 아이스 드래곤이 둥지를 틀 때 얼어붙은 것이리라.

"가지고 돌아가고 싶어. 예쁘니까."

확실히 예쁘지만 누아르 씨가 꽃에 관심을 가질 줄이야. 아이스 드래곤의 뼈도 그렇고, 꽃도 그렇고, 어려져서 호기심이 왕성해진 걸지도 모른다.

뚝.

바스러지지 않도록 신중하게 줄기를 꺾어 누아르 씨에게 꽃을 선물한다.

"소중히 간직할게."

누아르 씨는 기쁜 듯이 눈을 가늘게 뜨고 웃는다. 얼음이 녹으면 시들어 버리겠지만…… 그때는 잘 말려서 압화로라도 만들어 줄까.

"또 화이트 울프를 발견했어."

직접 들면 손이 시릴 것 같아서 꽃을 타월로 싸고 있는데, 누아르 씨가 공동의 중앙 부근을 손가락으로 가리켰다.

거기에는 새하얀 갑옷을 입은 무사가 우뚝 서 있었다.

"새하얗지만 저건 화이트 울프가 아니야."

어린 누아르 씨에게는 비슷하게 보인 듯하지만 늑대다운 요소는 제로다. 반대로 색은 다르지만 암흑기사의 요소는 있다.

"너, 마물이구나?"

외관만 보면 암흑기사의 동료 같다.

확신을 가지고 묻자 새하얀 무사는 갑주를 덜그럭거리며 비웃는다.

『나를 눈앞에 두고 겁내지 않을 줄이야, 과연 우리의 동포가 될 자질이 있군! 네 담력에 경의를 표하며 질문에 대답해 주마! 내 이름은 《하얀 제왕》 화이트 로드! 아득한 고대부터 모든 생물이 두려워해 온 마왕이다!』

"또 이러네."

누아르 씨가 내 마음을 대변해 준다.

마왕이 되는 조건에 수다 항목이라도 있는 건가? 지금까지 만난 마왕 가운데 과묵했던 건 《바람의 제왕》뿐이라고. ……뭐, 만나자마자 날려 버렸으니 사실은 수다쟁이였을지도 모르지만.

아무튼 마물이라면 그렇다 쳐도, 역시 마왕을 보고 그냥 지나칠 수는 없다.

방치하면 여기저기 들쑤시고 다닐 테니 눈앞에 있을 때 싸워야겠다!

하지만 그전에 한 가지 확인해 둘 게 있다.

"네가 마왕이라는 것은, 암흑기사도 마왕이었다는 얘기냐?"

『그렇다! 그놈은 《검은 제왕》──일찍이 절대 군주로서 어떤 세계를 지배했던 마왕이다! 단, 나와 해후한 순간에 마왕으로서의 자신감은 박살이 났지만!』

그 녀석보다 이 녀석이 훨씬 더 상위라는 말인가.

"그 녀석의 동료라는 말은, 복수하러 온 거냐?"

『아니. 우리는 강자를 찾고 있어서 말이지. 인간이라곤 해도 《검은 제왕》의 명을 끊은 그 힘, 그냥 묻기엔 아깝다. 고로 자랑으로 여겨라, 인간이여! 너는 하등한 생물이나 우리의 동료가 될 수 있다!』

"거절한다! 나는 마왕이 되고 싶은 게 아니야! 내가 되고 싶은 건 대마법사다!"

『호오. 이 나의 부탁을 거절하느냐. 인간같이 하찮은 것이 아주 대단해졌어. 그러면 좋다──. 너를 죽이고, 《검은 제왕》을 소생시키도록 하마!』

온화했던 《하얀 제왕》의 분위기가 일변했다. 끓어오르는 살의를 감지한 것인지 누아르 씨가 부르르 떨었다. 무리도 아니다. 썩어도 준치라고 상대는 마왕이니까!

"에이췌!"

재채기도 하고, 그냥 추워서 그런가 보다. 마왕과 워낙 많이 만나서 감각이 마비되어 버렸나 보다.

후딱 해치우고 밖으로 나가야겠다!

내가 주먹을 꽉 움켜쥐자 마왕은 놀란 듯이 갑주를 흔들었다.

방금 재채기로 누아르 씨의 존재를 안 모양인데, 당황하듯이 뒷걸음질친다.

『그, 그 영혼의 파동── 너, 아이스 로드냐?!』

마왕이 소리쳤다.

누아르 씨는 아이스 로드, 《얼음의 제왕》의 전생체다. 대륙 동서남북에 봉인되어 있었던 마물의 왕들과 마찬가지로 《하얀 제왕》도 누아르 씨와 인연이 있는 걸까?

"나는 누아르야."

『정체를 속이더라도 영혼의 파동을 어물쩍 넘기지는 못해. 용모는 바뀌었을지언정 너는 틀림없이 그 울화통 터지는 《얼음의 제왕》이다!』

"진짜 누아르야."

누아르 씨는 진짜라고 주장하나 마왕은 들으려 하지 않는다.

흥분한 기색으로 껄껄 웃고 있다.

『유쾌하구나! 참으로 유쾌해! 설마 《얼음의 제왕》이 이와 같은 모습이 되어 있을 줄이야! 여행담으로 이만한 게 또 있을까! 이제 건방지게도 내 권유를 거절한 너를 죽이고, 《검은 제왕》을 소생시키기만 하면 된다!』

망토를 펄럭이는 마왕에게 나는 다시 주먹을 쥐고 자세를 취한다.

『허허허! 소용없다, 소용없어! 확실히 너는 강자다! 이미 인간이라고는 할 수 없을 정도야! 필시 죽을힘을 다한 수행을 했을테지! ——하지만 수행을 하고 강해진들, 어떻게 발버둥 쳐도내게 이길 수는 없다!』

왜냐면, 하고 마왕은 갑주를 흔들며 비웃는다.

『왜냐면 나는—— 시간을 거슬러 올라갈 수 있기 때문이다!』

뭐어?! 시간을 거슬러 올라간다고?!

그러면 이 녀석은 이 자리에서 나와 싸우는 게 아니라 과거의나와 싸울 속셈인가?!

틀림없다. 조금 전 이 녀석은 『《검은 제왕》을 소생시킨다』고했었고 말이다. 과거의 나를 죽이면 《검은 제왕》은 두 동강 나지 않고 끝난다.

"네가 없어지면 곤란해."

내 동요를 알아챘는지 누아르 씨가 울상이 되어 매달린다.

나를 생각해 주는 마음은 기쁘지만 곤란한 건 누아르 씨만이
아니다…….

이 녀석이 몇 년 전으로 거슬러 올라갈지는 모르겠지만 내가
없으면 이 세계는 멸망했을 테니까.

──스승님은 『마의 숲』에서 《어둠의 제왕》에게 죽고.

──누아르 씨는 네무네시아에서 골렘에게 죽고.

──《대지의 제왕》에 의해 대륙의 사람들은 흙으로 돌아가고.

──살아남은 사람이 있다고 해도 연달아 강림하는 마왕에 의
해 멸망했을 것이다.

『이제 와서 동포가 되고 싶다고 한들 늦었다! 물론 네가 나를
죽이는 건 불가능해! 네가 손가락 하나 움직이기 전에 내가 네
명을 끊었을 테니 말이야! 이 나에게 거스른 시점에서 네 죽음
은 운명이 되었다!』

분하지만 이 녀석의 말대로다.

지금 여기서 저항 의사를 나타내더라도── 과거의 내가 죽
어 버리면 지금 여기서 맞설 수 없으니까.

『나는 모든 세계, 모든 시대, 모든 장소에 사념체를 보낼 수 있
다! 이 힘으로 온갖 강자를 죽여 왔다! 물론, 내가 죽였을 때는
약자였지만!』

나는 열여섯 살 무렵에는 마왕을 무찌를 수 있을 만큼 강해져 있었다.

　하지만 처음부터 강했던 건 아니다.

　죽을힘을 다한 수행을 거쳐 지금의 힘을 손에 넣었다.

　과거의 내가 어디까지 할 수 있을지는 모르겠지만…… 마왕에게 이긴다는 보장은 없다.

　의심의 여지가 없다…….

　『너는 유례없는 강자다! 하지만 아무리 강하더라도 약했던 시절은 있었겠지! 지금 이 자리에서도 너를 죽일 수 있지만 나는 약자를── 특히 어린아이를 괴롭히는 걸 좋아한다! 나를 무서워하고, 울먹이고, 용서를 구하는 어린 너를 갈가리 찢어 주겠다!』

　이 녀석은…….

　『자── 네가 새겨온 역사를! 네가 걸어온 역사를! 내 손으로 공백의 역사로 물들여 주겠다!』

　이 마왕은──.

　『이것이 마왕에게 거스르는 어리석은 자의 말로이니라!』

　──《하얀 제왕》은 지금까지 싸운 어떤 마왕보다도 강적이다!

　『《타임 어택(시간 역행)》!』

◆

　깊은 숲의 상공에 새하얀 마왕이 떠 있었다.

　미래에서 시간을 달려온 《하얀 제왕》의 사념체다.

　본체를 그 자리에 남긴 채 《하얀 제왕》은 실체가 있는 의식을 그 어떤 시간에라도 날릴 수 있는 것이다.

　한 번 사용하는 데 터무니없는 마력을 소모하고 컨트롤 또한 어려워 미세한 시간 조정을 할 수 없는 것이 옥에 티지만, 《시간 역행》이 무적인 것은 틀림없다.

　왜냐면 《하얀 제왕》은 강자가 약자였던 시대를 찾아갈 수 있기 때문이다.

　아무리 강하더라도 시간을 달릴 수 있는 《하얀 제왕》에게 죽일 수 없는 상대는 없다.

　그 어떤 시대에도 군림할 수 있는 《하얀 제왕》이야말로 세계 최강의 마왕인 것이다!

　『허허허. 설마 인간을 죽이기 위해서 《타임 어택》을 사용하게 될 줄이야.』

　아득한 옛날에 《검은 제왕》이 지닌 강자로서의 자부심을 깨부쉈을 때도 이 마법은 쓰지 않았다. 그럴 필요도 없이—— 순수한 실력으로 《검은 제왕》을 능가했기 때문이다.

　반대로 말하면 《시간 역행》을 사용하지 않을 수 없을 만큼 《하얀 제왕》은 애쉬를 강자로 인정하는 셈인데…….

그러나 이 시대에서는 애쉬를 경계할 필요가 전혀 없다.

"수행하고 올게, 스승님!"

어린 목소리가 들려왔다.

마왕의 눈 아래——탁 트인 장소에 우두커니 있는 오두막집에서 어린아이가 튀어나왔다. 영혼의 파동으로 보아 저 인간이 애쉬가 틀림없다.

"조심하거라. 무슨 일 있으면 바로 돌아오고."

애쉬의 뒤를 쫓듯이 노인이 오두막집에서 나왔다.

"걱정하지 마! 어떤 마물이 상대라도 스승님에게 전수받은 카마이타치면 한 방이니까!"

"확실히 너의 카마이타치는 강하다. 하지만 방심은 금물이야. 이 숲에는 정말로 무서운, 무서운 마물이 있으니까 말이다!"

"정말로?! 그럼 그 녀석을 해치우면 위저드 로드를 사 줄래?!"

"아, 아니, 그 마물은 진짜 강자 앞에서만 모습을 드러내니까……. 애쉬 앞에는 아직 나타나지 않아."

"그렇구나……. 그런데 어떻게 생긴 마물인데? 저번에 스승님이 사 준 마물도감으로 조사해 볼래!"

노인은 움찔, 몸을 떤다.

"아, 아니, 뭐라고 해야 하나, 그…… 도감에는 실려 있지 않단다."

"그런 마물이 있어?!"

"그, 그럼! 이 세계에는 다양한 마물이 있단다! 그중에는 마왕과 맞먹는 마물도 있어! 그 녀석들과 언제 맞닥뜨려도 괜찮도록 지금은 일단 몸을 단련하고, 단련하고, 또 단련하는 게다!"

"알았어! 나, 몸을 단련할게! 그리고 스승님 같은 훌륭한 마법사가 될 거야!"

"으으윽!"

노인이 괴로운 듯이 가슴을 누른다.

"왜, 왜 그래, 스승님?! 몸 상태가 안 좋아? 그러고 보니 오늘 아침에 이불을 걷어차 있었던데, 혹시 감기 걸린 거 아니야? 바로 따뜻한 요리를 만들 테니 조금만 기다려!"

"나, 나는 괜찮다. 다, 단지, 양심이……."

"양심?"

"아, 아무것도 아니다! 그런데 나는 팔팔하지만 애쉬는 아니잖니? 어제까지 총 한 달간 먹지도 마시지도 않고 수행을 했던데 괜찮겠어?"

"응! 나, 빨리 스승님 같은 마법사가 되고 싶어서!"

"마, 마음은 이해한다만…… 온몸이 생채기투성이였었고, 아직 피곤하지 않니?"

"자니까 나았어!"

"그, 그러냐. 아무리 봐도 골절로 보였는데…… 자면 낫는 거구나. 진짜 뭐라고 할까……. 대단하구나."

"스승님 덕분이야! 나, 더 강해질게!"

"오, 오냐. 어디까지 강해질지 기대하고 있으마. 그런데……

마침 장작이 줄어들었으니 오늘은 워킹 우드만 잡고 오는 게 좋겠구나.”

“알았어! 그럼 다녀올게!”

“그래! 조심하거라!”

손을 흔드는 노인에게 작별을 고하고 애쉬는 울창한 나무들 속으로 뛰어간다.

『네가 새겨온 역사를, 내 손으로 공백으로 물들여 주겠다!』

껄껄 웃으면서 《하얀 제왕》은 숲속에 착지한다.

탐지 마법을 사용하자…… 순간이동을 사용한 것이리라. 애쉬는 벌써 오두막집에서 15킬로미터쯤 떨어진 곳에 있었다.

어쩌면 《하얀 제왕》의 살기를 감지하고 도망친 걸지도 모르지만──마왕의 표적이 되고 살아남는 것은 불가능하다.

죽이기로 정한 상대는 기필코 죽인다──. 그것이 바로 마왕이다.

『아이고, 어떻게 놀아줄까.』

모처럼 《시간 역행》까지 사용했는데, 그냥 죽이면 시시하다. 찬찬히 괴롭혀서 공포에 일그러지는 얼굴을 만끽하고 나서 죽이기로 하자.

우선 모습을 감추고 애쉬에게 다가가 손발을 찢어발기기로 하자.

갑자기 사지가 찢어지면 애쉬는 패닉 상태에 빠질 것이다.

겨우 숨이 붙어 있는 채로 노인에게 데리고 가면, 애쉬는 울며 도움을 청할 것이다.

눈앞에서 스승을 갈가리 찢어발기면 애쉬는 절망할 것이다.

절망하는 애쉬를 죽이면 더할 나위 없이 유쾌하리라.

『정해졌군.』

짧게 뇌까리고 《하얀 제왕》은 투명 마법 인비저블로 모습을 감췄다.

다시 탐지 마법을 사용하자…… 애쉬는 같은 장소에 있었다. 조금 전에는 회복했다고 했었지만 강한 척하고 있었던 것뿐이다. 돌아다닐 수 없을 만큼 몹시 지친 모양이다.

그렇다고 해서 인간에게 베풀어 줄 아량 따위 없다.

움직일 수 없다면 오히려 안성맞춤이다. 찬찬히 혼내 줄 수 있겠다.

『자아, 즐겁고도 즐거운 살육유희의 개막이다!』

일찌감치 희열에 젖는 마왕.

공포와 격통에 울부짖는 애쉬의 얼굴을 상상하면서 순간이동한다. 그리고 큰 나무 건너편에 있는 애쉬의 모습을 포착한 그때.

갑자기 땅이 솟아오르고 눈앞의 큰 나무가 우글거리더니——.

"나는 여기 있다!"

스퍼어어어어엉!!!!!!!!

워킹 우드 바로 뒤에 서 있었던 《하얀 제왕》의 사념체는 좌우
로 찢어발겨지고 연기처럼 소멸했다.

◆

““…….””

나와 누아르 씨는 아연실색했다.

기술 이름을 외친 순간에 《하얀 제왕》이 두 동강 났기 때문이
다.

꿈틀거리지도 않는 것을 보아 완전히 숨이 끊어진 듯하다.

“왜 두 동강이 난 걸까?”

“과거의 나한테 당했나 봐.”

하지만 신기하게도 내게는 《하얀 제왕》을 해치운 기억이 없
다. 싸우기는커녕 애초에 만난 기억이 없다.

“언제의 너한테 당한 걸까?”

“글쎄, 언제일까…….”

용서를 구하는 어린 너를, 이런 말도 했으니 『미안하다』라
고 말할 수 있는 나이의 나를 만나러 간 것은 알겠다.

두 동강이 났으니 스승님의 제자로 들어간 후의 나를 만나러
갔다는 것도 알겠다.

그리고 나는 이 녀석과 만난 기억이 없다.

그 세 가지를 고려하니 마왕의 사인은 짐작이 간다.

이 녀석, 아무래도 카마이타치에 휘말렸나 본데?

옛날엔 마법(물리)을 사용할 수 있게 된 것이 기뻐서 카마이타치를 마구 날리고 다녔으니, 언제 사건인지는 알 수 없지만 어딘가에서 카마이타치에 휘말렸을 것이다.

뭐, 아무래도 그만이지만 말이다.

이런 자잘한 일이 마음에 쓰이지 않게 된 것도 수행의 성과일 것이다. 티코 씨의 수행을 극복해서 나는 정신적으로 확실히 성장했다.

하지만 아직 완벽하지 않다. 마왕이 과거로 돌아갈 수 있음을 알았을 때 당황하고 말았으니까.

내 정신력은 아직 성장의 여지를 남기고 있다.

다음에는 밀로 씨가 있는 곳에서 수행에 힘써, 어떤 상황에 빠지더라도 침착하게 있을 수 있는 정신력을 손에 넣고야 말겠다.

그리고 대마법사가 되는 것이다!

"그럼. 슬슬 출발할까?"

서둘러 얼음 동굴을 탈출하지 않으면 누아르 씨가 감기에 걸리고 만다.

"또 안아 주면 좋겠어."

"물론이지. 벽을 걸을 테니까 단단히 붙잡고 있어."

쑥! 쑥!

이리하여 누아르 씨를 안은 나는 벽에 발을 찔러 넣으면서 천장으로 걸어나가 얼음 동굴을 뒤로했다.

그날 아침.

축축함에 눈을 뜨자 누아르 씨가 나를 덮친 듯한 자세로 자고 있었다.

"······."

오줌 쌌나?

뭐, 지금의 누아르 씨는 세 살배기니까 말이다! 자면서 쉬하는 건 어쩔 수 없지만······ 퇴화약의 효과가 다 떨어졌을 때 이때의 일이 생각나면 부끄러워할지도 모르겠다.

아마 가방에 물이 들어 있었을 테니 그걸 흘렸다고 할까.

계획을 세우면서 이불을 젖혀 보니 축축함의 정체는 침이었다.

"『겉은 바삭, 속은 폭신 ♪ 찰지고 탱탱한 뺨이 녹아내리는 꿈의 말랑말랑한 멜론빵』, 맛있어."

잠꼬대로 보아 멜론빵 꿈을 꾸고 있는 모양이다.

누아르 씨, 매점 한정 멜론빵을 아주 좋아했으니까 말이다. 같은 것을 구하기는 힘들겠지만, 어딘가에서 멜론빵을 보면 사 주기로 할까.

여하튼 오줌을 싼 게 아니라 한시름 놓았다. 안도의 한숨을 쉬면서 침대에서 나온 나는 창 건너편으로 시선을 돌린다.

상쾌한 아침 햇살이 쏟아지는 가운데 석조 건물이 여기저기에 늘어서고 그 너머에는 동화책에서 볼 법한 성이 보인다.

평화로운 분위기가 감도는 마을은 컬러풀한 장식으로 꾸며져 있었다.

"어제는 몰랐는데 축제라도 있는 건가?"

우리가 이 마을에──라인 왕국의 수도 라미나에 도착한 것은 어제 늦은 밤이다. 매우 졸려 하는 누아르 씨를 챙기느라 정신이 없어서 축제 장식을 알아채지 못한 것이다.

이거, 누아르 씨가 기뻐하겠는걸.

"오늘 축제야?"

어느 틈엔가 누아르 씨가 잠에서 깨어 있었다. 내 옆에 서서 까치발을 하고 창밖을 바라보며 들떠 있다.

"그런가 봐."

"오늘 하는 걸까?"

"글쎄, 어떨까. 오늘이나 내일이라면 구경해도 괜찮은데……."

원래대로라면 오늘 정오에 열차를 타고 라미나를 떠날 예정이다. 중간에 열차를 갈아타 일주일 후에는 그라프 숲에 도착하는 게 목표인데.

하지만 밀로 씨에게 약속을 받아낸 것도 아니고 하루 이틀 정도라면 예정을 늦춰도 상관없다. 뭐, 아무리 그래도 몇 주일을 기다릴 수야 없지만.

숙소 할아버지에게 축제가 언제 개최되는지 물어볼까. 후딱 옷을 갈아입은 우리는 침실을 뒤로했다.

"애쉬 씨! 어제는 잘 잤나요?"

접수처 앞에 오자 숙소 할아버지가 친절하게 말을 걸어왔다.

"아주 푹 잤어요. 그런데 이 마을에서 조만간 축제가 있나요?"

"네엡! 바로 내일 개최되지요!"

누아르 씨의 모습을 힐끔 살피자…… 신바람이 나 있었다. 이거, 이제 축제를 안 볼 수는 없겠군.

누아르 씨에게 축제에 참가하겠다는 뜻을 전달하고, 우리는 숙소를 나섰다.

"축제 기대된다. 달콤한 음식도 있을까?"

마을을 꾸미는 장식을 둘러보고 누아르 씨는 들떠 있다. 두리번거리면서 걸으면 위험하므로 누아르 씨를 안고 가기로 했다.

"애쉬. 배고파."

"그럼 어디 가서 아침밥 먹자."

누아르 씨를 안은 채 음식점을 찾는데 시선이 느껴졌다. 마을 사람들이 나를 보고 소곤소곤 이야기하고 있었다.

틀림없이 『마왕 방송』으로 나를 안 사람들일 것이다. 이래저래 1년 이상 되었지만 《무지개의 제왕》과의 싸움 광경은 마왕의 마법으로 인해 전 세계에 노출되었다.

"저기. 혹시 애쉬 씨인가요?"

동년배쯤 되는 여자아이가 말을 걸어온다.

"맞아요."

긍정하자 여자아이는 눈을 반짝반짝 빛내고 멀리서 이쪽을 보고 있었던 사람들에게 손짓했다.

　"거봐! 옷을 입고 있지만 역시 애쉬 씨였어!"

　전 세계 사람들은 『마왕 방송』을 보고, 나를 여장 취미와 노출벽이 있는 남자라고 생각하고 있다.

　뭐, 호의적으로 봐 주고들 있고, 수치심을 극복하는 것도 수행의 범주에 드니까 굳이 정정할 필요는 없을 것이다.

　여자아이의 손짓에 멀리서 바라보고 있었던 사람들이 모여든다.

　"왜 이 마을에 있는 거예요?!"

　"마왕을 무찔러 주셔서 고맙습니다!"

　"오늘은 여행이세요?! 마침 딱 좋은 시기에 오셨네요! 내일 축제거든요!"

　"이 소녀는 동생인가요?! 귀엽네요!"

　일제히 말을 걸어와, 누아르 씨가 빌려 온 고양이처럼 평소와 달리 얌전해진다.

　"어머, 애쉬 님이 계세요?!"

　맑은 목소리가 울리자마자 인파가 쩍 갈라졌다.

　그리고 거기에서 공주님 같은 드레스를 입은 여자아이가 나타난다.

　마을 사람들의 속삭이는 소리에 따르면 이 소녀── 프리밀라 씨는 진짜 공주님인 모양이다. 실제로 프리밀라 씨 주변에는 종자로 보이는 사람들이 있다.

공주님이 왜 이런 이른 아침부터 시내에 있는 거지? 축제 준비라도 살피러 온 건가?

"애쉬 님은 그쪽에 계시나요?"

프리밀라 씨는 눈을 감은 채 내가 있는 쪽으로 얼굴을 돌린다.

……혹시 눈이 보이지 않는 건가?

"네. 저는 이쪽이에요."

대답하자 프리밀라 씨의 표정이 밝아졌다. 시녀의 손에 이끌려 다가온다.

"처음 뵙겠습니다, 애쉬 님! 전 프리밀라 로즈베르그라고 하고…… 으음, 당신을 아주 좋아해요."

술렁이는 소리가 퍼지고 프리밀라 씨의 얼굴이 새빨개졌다.

"물론 연심을 품고 있다는 의미가 아니라 사람으로서 좋아한다는 의미랍니다? 애쉬 님의 용맹한 보습을 본 이후로 줄곧 이야기를 나누어 보고 싶었어요! 엘슈타르 왕국에 살고 계신다고 들어서 설마 뵐 수 있을 거라곤 생각지 못했지만요! 그래서, 으음…… 혹시 괜찮으시다면 성으로 와 주시지 않겠어요?"

프리밀라 씨는 아주 신이 나서 떠들고 있다.

거절하는 것도 미안하고, 공주님이라면 이 나라에 대해 정통할 터. 어쩌면 밀로 씨의 정보를 입수할지도 모른다.

"저는 상관없어요. 누아르 씨도 그래도 되지?"

"어라, 일행이 계셨군요."

"네. 누아르 씨라고 하고…… 어어, 세 살 여자아이예요."

실제론 열여덟 살이지만 사실을 말하면 프리밀라 씨가 혼란스러울 테니까 말이다.

"나는 세 살 여자아이야."

누아르 씨도 완전히 몰입하고 있다.

"처음 뵙겠어요, 누아르 님. 전 프리밀라라고 해요. 으음……
누아르 님은 과자 좋아해요?"

"좋아해."

"그러면 성으로 와 주세요. 맛있는 과자가 있거든요."

"갈게."

잡아먹을 듯이 대답하는 누아르 씨.

그렇게 우리는 성으로 초대를 받게 되었다.

◆

프리밀라 씨의 초대를 받아 성을 방문하자,

"어머! 그럼 마왕은 여럿 있었던 거네요?!"

"계속해서 나타났어요."

임금님으로부터 환영 인사를 받은 나는 응접실로 안내되어,
거기서 프리밀라 씨의 질문 공세를 겪는 중이다. 프리밀라 씨
는 정숙해 보이는 외모와는 정반대로 호기심이 왕성한 성격이
었다. 몸이 그다지 튼튼하지 않아서 평소엔 성에서 지내고 있는
것 같고, 사람의 왕래가 많은 곳으로 가는 건 위험하니 축제에

도 참가하지 않지만, 그래도 떠들썩한 분위기를 느끼고 싶어서 돌아다니다가 우리와 맞닥뜨린 모양이다.

기본적으로 성내에 틀어박혀 있는 프리밀라 씨에게 우리 같은 여행자와 이야기하는 것은 매우 즐거운 일일 것이다.

그렇게 느꼈기 때문에 나도 최대한 프리밀라 씨의 질문에는 대답하려고 하고 있었다. ……뭐, 아무리 그래도『마왕은 아직 남아 있습니다. 저번에도 마왕에게 습격당했고요.』라곤 말할 수 없지만. 불안케 할 수는 없으니 말이다.

"마왕은 모두 해골 같은 외모를 했나요?"

"그중에는 새처럼 생긴 것도 있었어요."

"어머, 새요?! 그럼 그 마왕은 부리로 찌르며 공격했었나요?"

"아뇨, 새의 공격수단은 열풍이었어요."

"열풍이요?"

"불타고 있었거든요."

"불타고 있었어요?! 또, 또 어떤 마왕이 있었어요?"

"세계에서 가장 단단한 마왕도 있었고, 세계에서 가장 빠른 마왕도 있었어요. 조금 전 이야기한 새는 다름 아닌 세계에서 가장 뜨거운 마왕을 자칭했었고요."

"세계에서 가장 뜨거워요?! 그런 마왕을, 애쉬 님은 어떻게 무찔렀나요? 화상을 입으셨다면 잘 듣는 약이 있는데?"

"괜찮아요. 재채기했더니 날아가 버렸거든요."

"재채기로 무찌른 거예요? 마왕을 무찌를 정도이니 강할 거라곤 생각했었지만 상상 이상이에요!"

"하지만 제가 꿈꾸는 힘과는 동떨어져 있어요. 그래서 수행하고 있습니다. 지금도 밀로 씨라는 마법사의 제자로 들어가려고 생각하는 참이고요."

"어머, 밀로 님을 뵐 건가요?"

프리밀라 씨가 미끼를 물었다.

이 반응…… 밀로 씨에 관해서 뭔가 알고 있군?

"밀로 씨를 알고 계신가요?"

"물론이어요. 밀로 님은 우리 나라의 영웅인걸요!"

프리밀라 씨가 말하길──5년 전, 이 마을 근처에 레드 드래곤이 나타났다고 한다. 그 녀석은 통상의 레드 드래곤 이상으로 강했는지 마법 기사단의 공격은 일절 통하지 않았다고 한다.

그런 위기의 순간에 위풍당당하게 나타난 것이 밀로 씨다. 밀로 씨는 순식간에 레드 드래곤을 흙으로 돌려보냈고, 아무런 보답도 요구하지 않고 떠나 버렸다고 한다.

"레드 드래곤을 흙으로……."

내 뇌리에《대지의 제왕》이 스친다.

그 녀석도 건드린 것을 흙으로 돌려보내는 마법을 사용했었으나 그런 마법은 마법서에는 실려 있지 않다.

즉, 밀로 씨는 독자적으로 룬을 고안해 냈다는 이야기가 된다. 또 건드린 것을 흙으로 돌려보내는 강력한 마법을 사용한다는 것은 상당히 강한 마력을 가지고 있다는 뜻이다.

그런 역사에 이름을 남겨도 이상하지 않은 마법사에게 수행을 받을 수 있다면, 나는 틀림없이 강해질 것이다.

새로운 마법을 마스터할 수 있을지도 모른다!

"그 이야기를 들으니 더욱더 밀로 씨를 만나보고 싶어졌⋯⋯ 이크, 다 흘리네!"

누아르 씨가 음식 부스러기를 연달아 흘리고 있었다. 뺨도 더러워졌고⋯⋯. 진짜, 나 이상으로 완전한 세 살배기가 되어 있다.

"후후."

프리밀라 씨가 미소를 띤다.

"왜 그러세요?"

"애쉬 님이, 내가 생각하고 있었던 것과 똑같은 분인 게 왠지 우스워서요. 진짜로 다정한 목소리를 내시고⋯⋯. 한 번 더 애쉬 님의 얼굴을, 이번엔 이 눈으로 보고 싶군요."

마왕이 사용한 『마왕 방송』은 머릿속에 직접 영상을 보내는 마법이라, 눈이 불편해도 《무지개의 제왕》과의 싸움을 관전할 수 있었던 것이다.

요컨대 프리밀라 씨는 지금도 내가 애니멀 팬티 1장만 입고 이 자리에 있다고 생각하고 있다.

그것은 그렇다 치고.

"무례한 질문입니다만⋯⋯ 그 눈은 선천적인가요?"

후천적인 거라면 콜론 씨와 샤름 씨에게 부탁하면 약을 만들어 줄지도 모른다.

"아뇨, 눈이 보이지 않게 된 것은 3년쯤 전⋯⋯. 제가 열네 살이 막 되었을 무렵이에요. 애쉬 님은 워킹 모스라고 하는 마물을 알고 계시나요?"

"네. 알아요."

워킹 모스는 토끼 정도 크기의 걸어 다니는 독나방이다. 그 가루를 눈에 뒤집어쓰면 시력을 잃는 일도 있다.

프리밀라 씨는 호위병과 마을 밖으로 나갔을 때 워킹 모스의 가루를 눈에 뒤집어쓰고 만 모양이다.

그날을 경계로 나날이 시력이 하락했고, 결국 앞이 보이지 않게 되고 말았다고.

"하지만 그건 특효약이 있잖아요?"

시력을 회복시키는 약은 몇 개 있다. 그중에 워킹 모스의 독 전용 눈약이 있을 텐데.

"애쉬 님은 박식하군요. 확실히 특효약은 있습니다만…… 유감스럽게도 그 약은 이제 구할 수 없어요. 재료가 없거든요."

특효약에 필요한 재료는…… 아마 『베이비 만도라 뿌리』와 『플라워 슬라임 잎』 그리고 『홀리네스 플라워 꽃잎』이었나?

"재료를 하나도 구하지 못한 건가요?"

적어도 베이비 만도라 뿌리는 엘슈타니아의 가게에서 본 적이 있다.

"베이비 만도라 뿌리와 플라워 슬라임 잎은 구했지만, 아버님께서 전 세계의 지인분들과 상담을 하시고서도 홀리네스 플라워만은 입수하지 못했어요."

프리밀라 씨가 말하길, 홀리네스 플라워는 이미 절멸한 모양이다.

"그 꽃은 어떻게 생긴 꽃인가요?"

콜론 씨와 샤름 씨는 일류 약사다. 홀리네스 플라워를 가지고 있어도 이상하지 않다. 혹은 특효약 그 자체를 가지고 있을지도 모른다.

"도로시. 그 책을 가져와 주세요."

"알겠습니다."

시녀 도로시 씨는 복도로 나간다. 잠시 후 낡은 식물도감을 손에 들고 돌아왔다. 도감을 펼치고 어떤 꽃을 손가락으로 가리킨다.

"이쪽이 홀리네스 플라워예요."

거기에는 새하얀 꽃이 그려져 있었다.

그것은 마치 눈의 결정같이 아름다웠고…….

"……응?"

이거, 어딘가에서 본 적이 있는데?

"저기, 누아르 씨. 이거, 얼음 동굴에서 본 꽃이랑 비슷하지 않아?"

"이 꽃 말이야?"

누아르 씨는 외출용 파우치에서 꽃을 꺼냈다.

"그래, 그거."

보면 볼수록 도감의 꽃이랑 쏙 닮았다. 도로시 씨도 같은 생각을 한 듯,

"과연, 확실히 닮았네요. 꼭 홀리네스 플라워…………… 아니, 그거예요! 바로 그게 홀리네스 플라워인데요?! 어어?! 어떻게 가지고 계신 건가요?!"

엄청나게 당황한다.

당연하다. 혈안이 되어 찾아도 보이지 않았던 홀리네스 플라워가 외출용 파우치에서 튀어나왔으니까.

"어? 홀리네스 플라워를 발견한 거예요?!"

"네! 잘됐네요, 프리밀라 님! 이걸로 특효약을 만들 수 있겠어요!"

자기 일처럼 기뻐하는 도로시 씨에게 프리밀라 씨는 불안한 듯한 표정을 짓는다.

"하, 하지만 홀리네스 플라워는 애쉬 님 것이 아닌가요?"

채집한 건 나지만 이 꽃은 누아르 씨 것이다.

"이거, 줘도 돼?"

"좋아. 맛있는 과자를 받았으니까."

"그럼 이 꽃은 프리밀라 씨에게 드리겠습니다."

"저, 정말로 괜찮으세요?!"

"물론이에요. 저희가 가지고 있어도 소용이 없으니까요."

잘 말려서 책갈피 정도로는 쓸 수 있겠지만, 누아르 씨는 책을 읽지 않으니까 있어도 사용하지 않을 것이다.

"저, 저기! 저, 국왕님께 말씀드리고 올게요!"

도로시 씨가 분주하게 방을 나선다. 얼마 안 있어 우당탕하는 발소리가 들리고 힘차게 문이 열렸다.

"홀리네스 플라워가 발견됐다는 게 정말이냐?!"

이 나라의 임금님이다.

"네, 아버님! 애쉬 님과 누아르 님이 양보해 주셨어요!"

"오오! 이, 이건 확실히 홀리네스 플라워구나! 저, 정말로 양보해 주셔도 괜찮겠습니까?!"

"물론입니다. 부디 사용해 주세요."

"가, 감사합니다! 설마 딸의 눈이 나을 날이 올 줄이야……. 정말로, 뭐라고 예를 표하면 좋을지……."

이 정도로 감사받으면 조금 미안해진다.

"진짜로 마음에 두지 마세요. 우연히 얼음 동굴에서 발견한 것뿐이니까요."

"그럴 수가, 얼음 동굴을 통과한 건가요?! 거기에는 화이트 울프 무리가 서식하고 있다고 들었습니다만……."

"화이트 울프라면 애쉬가 숨을 불어 해치웠어."

"호흡으로 격퇴한 건가요?!"

"티코네 집은 심호흡으로 불어서 날려 버렸어."

"티코라면, 그 티코 씨요?! 저희는 여기에 있어도 괜찮을까요?"

임금님이 진심으로 불안한 표정을 짓는다.

"괜찮습니다. 그보다 빨리 약을 만드는 편이 좋지 않을까요?"

전날까지는 냉동보존 되어 있었지만 벌써 시드는 중이다.

특효약에 필요한 것은 짜낸 액체이니 바짝 말라 버리기 전에 조제하는 편이 좋을 것이다.

"그, 그렇군요! 그럼 저는 이만 실례하겠습니다! 애쉬 님과 누아르 님은 천천히 편하게 지내 주세요! 딸의 치료가 끝나면 정식으로 예를 표하겠습니다!"

국왕님은 분주하게 응접실을 떠났다.

"많이 먹었더니 졸려졌어."

누아르 씨는 마이 페이스다.

나는 아무 대접도 받지 않았지만 어떻게 생각해도 식사를 할 분위기는 아니겠군, 이거.

이제부터 더욱 분주해질 테고, 프리밀라 씨에게는 치료가 기다리고 있다. 아침 식사는 대충 때우기로 할까.

"그럼, 저희는 슬슬 실례하겠습니다."

누아르 씨를 안자, 프리밀라 씨가 아쉬워 보이는 표정을 짓는다.

"애쉬 님은 언제까지 이 마을에 체류하시나요?"

"축제가 끝날 때까지요."

일일 축제이므로 출발하는 건 모레 오전이 되겠다.

"그러면 늦겠군요. 가능하다면 애쉬 님과 누아르 님의 얼굴을 이 눈으로 보고 싶었습니다만⋯⋯."

특효약을 만들더라도 곧바로 시력이 회복되는 건 아니다. 시력이 원래대로 돌아오려면 일주일 정도 걸린다.

"다시 오지 않을 것도 아니고, 뭣하면 내년 축제에도 참가할게요."

그렇게 말하자 프리밀라 씨는 미소를 되찾았다.

"그러면 내년은 저와 같이 축제를 봤으면 좋겠어요."

"영광입니다. 다만 그때는 누아르 씨를 보고 많이 놀라실 거예요."

내년 이맘때엔 도저히 네 살 아이라고는 생각되지 않을 모습이 되어 있을 테니 말이다.

"누아르 님을 보고 놀랄 거란 말씀은 잘 이해가 되지 않지만…… 두 분과 뵐 수 있는 날을 진심으로 기대하고 있을게요."

그렇게 프리밀라 씨와 헤어진 우리는 성을 뒤로했다.

◆

라인 왕국의 수도 라미나를 떠나고 일주일이 지난 이날 오후, 우리는 밀림 속을 걷는 중이다.

바로 그라프 숲이다.

안겨서 이동하는 게 지루해진 것인지, 내게 폐를 끼치고 싶지 않은 것인지. 누아르 씨는 자기 발로 걷고 있다.

이 숲에 오고 나서 이래저래 3시간이 흘렀는데 당장은 누아르 씨에게 피로는 보이지 않는다. 무사 수행 여행을 통해 한층 튼튼해진 것이다.

누아르 씨가 체력을 손에 넣은 것처럼 나는 마력을 손에 넣어 보이겠다.

그러기 위해서도 빨리 밀로 씨를 만나고 싶은 바다!

"이쪽이 맞는 거겠지?"

"근처야. 조금만 더 가면 돼."

누아르 씨의 내비게이션을 따라 나아가는데 갑자기 시야가 트였다.

울창하게 자란 나무들 속에 흙집이 외따로 서 있다.

"빨간 점의 주인은 저기에 있어."

"드디어……."

마물이 집을 지었다곤 생각되지 않으니 저곳에 사는 강자는 밀로 씨가 틀림없다.

"누아르 씨가 노크해 주지 않을래?"

일단 문 앞에 서서 누아르 씨에게 부탁한다. 눈앞에서 스승님의 집이 날아가는 광경이 플래시백 했기 때문이다.

물론 힘 조절에는 주의를 기울이지만, 만에 하나라는 것도 있으니.

"날 의지해 줘서 기뻐. 일방적으로 의지하는 건 싫으니까. 더 나를 의지해도 돼."

누아르 씨가 야무진 얼굴로 말한다.

기분 탓인지 세 살배기인데 어른티가 나 보인다.

무사 수행으로 정신력이 단련된 것은 나만이 아니었구나.

나도 지고 있을 수 없겠군.

"그럼 부탁할게."

누아르 씨는 자신만만하게 고개를 끄덕이고, 문을 노크한다. 그러고 나서 『나 잘했지?』라고 말하고 싶은 것처럼 나를 올려다본 그때.

"누구냐!"

뒤에서 호통이 울렸다.

돌아보자 야성적인 모습의 여성이 있었다. 박쥐 같은 날개를 가진 사자를 닮은 마물──만티코어에 올라타서 우리를 매섭게 노려보고 있다.

"앞으로 노크 안 할래. 혼나니까."

누아르 씨의 풀이 죽었다. 노크를 너무 못해서 야단맞았다고 착각한 모양이다.

"본보기와 같은 노크였어."

누아르 씨를 달래고서 여성에게 묻는다.

"당신이 밀로 씨인가요?"

"그렇다! 밀로는 밀로다! 너는…… 응?"

만티코어에서 내린 밀로 씨는 우리에게 얼굴을 가까이 대고 물끄러미 쳐다보기 시작했다.

노려보고 있는 것 같지만, 혹시 단순히 근시라서?

그렇게 생각하고 있자 밀로 씨의 얼굴이 별안간 확 밝아졌다.

"오오! 밀로, 너 안다! 애쉬다! 아니냐?"

초대면이지만 밀로 씨는 나에 대해 알고 있었다. 필시 《마왕 방송》을 본 것이리라.

"네. 저는 애쉬입니다!"

"역시 애쉬다! 애쉬가 왜 여기에 있어?"

알쏭달쏭 고개를 갸웃거리는 밀로 씨에게 나는 사정을 이야기했다.

"그래서 제게 수행을 시켜 주셨으면 좋겠어요! 안 될까요?"

내 힘이 무투가에서 유래했고, 내 꿈은 대마법사가 되는 것이며, 그 꿈을 이루기 위해서 밀로 씨 밑에서 수행하고 싶다──.
　이 전부를 전달하자 밀로 씨는 싱긋 웃었다.

　"왜 안 돼. 밀로, 남들이 의지하는 거 아주 좋아해! 애쉬, 수행시켜 줄게!"

　오오!

　"게다가 밀로, 마력을 높이는 방법 알고 있어! 애쉬를 강하게 만들 자신 있다!"

　오오오!

　"마음 푹 놓고 있어도 돼!"

　오오오오!

　자신감 넘치는 발언들을 연달아……!
　이거 기대를 안 할 수 없겠군!
　"감사합니다!"
　"천만에! 하지만 수행은 밥부터 먹고! 밀로, 배고파. 애쉬도 같이 먹을래?"

"먹을래."

"음? 너, 애쉬랑 달라."

"나는 누아르야."

"밀로, 누아르 몰라. 하지만 밀로, 어린애 아주 좋아해! 먹어
도 돼."

"먹을래."

즐거워하는 누아르 씨를 보고 밀로 씨는 따뜻한 표정을 짓는
다. 진심으로 어린애를 좋아하는 모양이다.

방금 막 만난 우리에게 이렇게까지 친절하게 대해 주다니…….
우호적인 성격이라는 건 사실인 것 같다.

아무튼 무서우리만큼 순조롭게 이야기가 척척 정리되어서 나
는 안도했다.

그렇게 안도의 한숨을 쉬다가 문득 한 가지 의문이 떠올랐다.

"그런데 그 만티코어는 펫인가요?"

마물은 본능적으로 인간을 덮치는 생물이다. 마물을 길들인
다는 이야기는 들은 적이 없다.

"이거, 마물과 달라. 밀로가 만든 탈것."

"밀로 씨가…… 만든?"

엥, 무슨 뜻이지? 의미 그대로 받아들여도 되는 건가?

"밀로, 시골에서 태어났다. 거기에 친구 없었다. 그래서 친구
만들기로 했다. 하지만 밀로의 친구, 흉내 났다."

흉내 나지 않는 친구를 만들기 위해서 밀로 씨는 수행에 매진
한 모양이다. 그 결과, 어디를 어떻게 보아도 인간으로 보이는

흙인형을 만들어 낼 수 있게 됐다나.

　요컨대 밀로 씨는 흙, 땅 마법의 명수다.

　"그래도 인간은 보이지 않네요."

　밀로 씨는 풀이 죽는다.

　"밀로, 친구와 즐겁게 수다 떠는 게 꿈이었다. 하지만 흙인형, 가타부타 아무 말도 하지 않아. 밀로, 허무해졌어."

　그래서 아예 말을 하지 않는 마물을 만들게 됐단 얘긴가.

　"마을에 가면 친구들을 만들 수도 있었잖아요?"

　"밀로, 친구 만드는 법 몰라. 거리감을 모르겠다. 옛날, 이 숲에 동갑인 여자가 왔어. 밀로, 친해지고 싶어서 환대했어. 그 여자, 눈을 깜빡인 순간에 사라졌다."

　티코 씨는 순간이동으로 이 자리를 떠난 모양이다. 티코 씨는 타인에게 간섭받는 걸 거북해하는 것 같으니 밀로 씨의 거리감이 나쁜 의미로 작용한 거겠지.

　내가 그렇게 해석하고 있자 만티코어가 숲속으로 뛰어갔다.

　"저거, 도망친 건 아니겠죠?"

　밀로 씨의 마물은 진짜인지 가짜인지 분간할 수 없을 만큼 만듦새가 정교하다. 진짜가 아니므로 결계에 튕길 일이 없으니 사람이 사는 마을에 내려가면 마을은 순식간에 아수라장이 될 것이다.

　"밀로의 마물, 숲 밖으로 나가지 못해. 인간도 덮치지 않아. 마물밖에 덮치지 않아. 밀로가 그렇게 명령한다. 하지만 전에 명령하는 걸 깜빡해서 도망친 일이 있어. 밀로, 금방 뒤쫓아가서 흙으로 돌려보냈다.”

프리밀라 씨가 말했었던 레드 드래곤 얘기일까? 그렇다고 하면 《대지의 제왕》같이 독자적인 마법을 고안해 낸 건 아니라는 소리?

그렇다 해도 밀로 씨가 대마법사라는 사실에 변함은 없지만.

뭐니 뭐니 해도 밀로 씨의 레드 드래곤은 마법 기사단의 총공격에도 아랑곳하지 않았다니까, 그런 마물을 만들어 낼 수 있는 밀로 씨의 마력은 심상치 않다고 봐야 한다.

어떤 수행이었는지 궁금하고, 반드시 같은 수행을 하고 싶다!

“밀로, 배고파. 밥 먹을래. 수다 떨면서 먹는 거 되게 기대된다! 왕창 이야기해 주면 기쁘겠어.”

“저도 밀로 씨와 이것저것 이야기해 보고 싶어요!”

“그런 말 한 거, 애쉬가 처음! 밀로, 애쉬 좋아! 오늘은 인생 최고의 날!”

천진난만하게 웃는 밀로 씨를 따라 우리는 집으로 들어갔다.

◆

식사 정리가 끝나고 우리는 수행에 앞서 배에 휴식을 주기로 했다.

밀로 씨가 손수 만든 요리는 페르미나 씨가 보면 눈물을 흘리며 기뻐할 정도로 어마어마한 볼륨의 고기 요리였다. 뭐, 나는 별로 먹지 않았지만. 살짝 배가 고픈 상태에서 집중이 더 잘 되니 말이다.

아무튼 이제 곧 기다리고 기다린 수행이 시작되는데, 늦기 전에 확인해 두고 싶은 바가 있다.

"수행은 구체적으로 무엇을 하는 건가요?"

수행은 받을 수 있게 됐지만 무엇을 할지는 밝혀지지 않았다.

"애쉬는 『아무것도 하지 않는다』를 해줘."

아무것도 하지 않는다를 한다……. 그게 무슨 의미지? 수행이란 건 무언가를 하니까 수행이 아닌가?

"마력을 높이는 요령. 그것은 마음을 강하게 하는 것."

마음을 강하게 한다라. 그럼 티코 씨의 수행과 비슷하군. 역시 마력을 높이려면 정신력을 단련하는 수밖에 없다는 건가.

하지만 밀로 씨의 수행은 『아무것도 하지 않는다를 한다』잖아.

정신력이란 게 아무것도 하지 않고 단련할 수 있는 건가?

"이 숲에는 많은 마물이 있어. 땅속에서 마물이 튀어나오는 일도 있고! 나무에서 마물이 떨어지는 일도 있고! 나무 자체가 마물이었던 일도 있어! 이 숲에서의 생활, 매일이 놀라움의 연속! 깜짝 놀라서 심장이 멈출 뻔한 일도 있다!"

아하, 알겠다.

언제 마물이 덮칠지 모르는 환경에서 마음을 굳건히 유지하는 것.

그것이 밀로 씨의 수행이라는 건가.

"밀로의 수행, 명상! 무슨 일이 일어나더라도 무반응! 항상 마음을 가라앉힌다! 그럴 수 있으면 마음, 강해져!"

모리스 할아버지의 수행 때는 매일 신체를 움직였었다.

티코 씨의 수행에선 열흘 동안 새카만 어둠을 걸었었다.

지금까지 했던 것을 반복하더라도 정신력은 단련할 수 없고, 단련된다고 해도 효과는 적다.

정신력을 단련해서 마력을 높이려면 새로운 것에 도전해야만 한다.

그런 의미에서는 밀로 씨의 수행에 상당한 기대감이 든다.

다만…….

"애쉬는 강해. 아무것도 안 하고 세계에서 가장 단단한 마왕을 해치운 적도 있어."

밀로 씨의 수행은 기대되나 누아르 씨의 말대로다.

수행으로서 『아무것도 하지 않는다』를 한 적은 없지만, 실전 중에 『아무것도 하지 않는다』를 한 적은 있다. 그 결과로 《빛의 제왕》과 《북쪽의 제왕》을 무찔렀고 말이다.

내게 있어 아무것도 하지 않음은 무기라 할 수 있다.

위험한 환경이라 한들 마왕보다 강한 마물은 없을 터.

즉 그라프 숲, 이곳은 내게 위험한 장소가 아니다──. 내가 깜짝 놀랄 만한 일은 일어나지 않는다.

"안심해라! 지금 설명한 수행, 밀로가 한 거니까! 애쉬는 더욱더 가혹한 수행에 힘쓴다!"

오오!

"정말인가요?! 그건 어떤 수행인가요?!"

밀로 씨는 나를 위한 훈련 메뉴를 준비해 주었다. 식사 중, 나와 이야기하는 동안에 고안한 것이리라.

나를 위해서 그렇게까지 해주다니……. 정말로 감사한 이야기다.

"밀로, 온갖 수단으로 수행을 방해할 거다. 애쉬, 절대로 반응하면 안 돼! 오직 명상! 오로지 명상! 무슨 일이 있어도 명상! 이거, 열흘 동안 계속해!"

마물이 아니라 밀로 씨의 방해 공작에 평상심으로 대응함으로써 내 정신력은 단련된다는 건가.

"알겠어요! 저, 아무것도 안 하겠습니다!"

아무것도 하지 않는다를 한다.

지금까지와는 정반대의 수행으로 얼마나 강해질 수 있을지, 벌써 기대되기 시작했다.

"바로 수행 시작한다! 애쉬, 밀로를 따라와!"

나와 누아르 씨는 밀로 씨를 쫓아 밖으로 나간다.

"애쉬, 거기에 앉는다! 앉은 순간, 수행 개시!"

시키는 대로 정좌하자 밀로 씨는 품에서 위저드 로드를 꺼냈다.

"보르그 사의 지팡이야."

아니야! 저건 헥셀러 사의 대지 계통 모델(제5세대)이라고! 누아르 씨의 잘못된 정보에 나도 모르게 지적이 나갈 뻔한 것을 간신히 참는다.

이미 수행은 시작됐다. 무엇에도 반응하면 안 되는 것이다!

"나와라, 레드 드래곤!"

밀로 씨가 위저드 로드를 휘두르자 땅이 볼록 솟아오른다. 순식간에 형태를 이루고, 눈 깜짝할 사이에 레드 드래곤이 완성된다.

비늘의 광택도 그렇고, 색조도 그렇고 레드 드래곤을 완전히 재현했다. 프리밀라 씨 일행이 진짜와 착각하는 것도 납득이 가는 완성도다.

"……"

"……"

"……"

잠시 침묵이 이어지고,

"……이 녀석이 명상을 방해해 주는 거 아닌가요?"

무심코 묻고 만다.

그러자 밀로 씨는 가슴 앞에서 양팔을 교차시켜 X자를 만든다.

"이미 수행 시작됐어! 애쉬, 명상한다! 10일간, 명상을 계속한다! ……잘할 수 있어?"

"물론이에요!"

"반응하면 안 돼!"

"방금 것도 방해였던 거군요."

"대답하면 안 돼!"

"……"

"잘했어!"

만족스러운 듯이 내 머리를 쓰다듬은 밀로 씨가 누아르 씨에게 귓속말한다.

그리고 내게 돌아서서,

"누아르, 오늘부터 밀로가 보살핀다! 밀로, 어린아이 좋아해! 누아르, 안심하고 밀로에게 몸을 맡기면 돼!"

"싫어. 나는 애쉬 옆이 좋아."

"생떼, 안 돼! 누아르, 애쉬와 따로 떨어지게 될 운명! 왜냐하면, 애쉬에게 먼 곳을 가게 할 거니까!"

밀로 씨의 태도가 싹 바뀐다.

"무언가가 이상해. 밀로의 상태가 너무 이상한데."

"크크크크크! 감쪽같이 속았구나! 나는 밀로 따위가 아니다! 이 몸의 정체는 마왕! 수많은 만티코어를 거느리고 있는 것이 그 증거지! 좋아하는 것은 파란 머리 어린아이다!"

"꺄아아, 무서워. 감쪽같이 속고 말았어. 애쉬, 같이 도망치는 편이 좋겠어."

"……."

"크크크크크! 놀란 나머지 목소리도 안 나오느냐! 좋다! 그렇다면 눈앞에서 이 어린아이를 잡아먹겠다!"

"꺄아아, 먹히겠어. 나는 먹히기보다 먹는 쪽이 더 좋은데."

"……."

"구해줘. 나는 애쉬와 더 모험하고 싶어."

"……."

"……슬퍼."

누아르 씨가 울먹이는 목소리로 말한다. 이쯤되니 무시하기 힘든데…….

"지금 구해 줄게."

내가 엉거주춤 일어나자 밀로 씨가 토라진 것처럼 볼에 바람을 넣었다.

"밀로, 다정한 남자 아주 좋아해! 하지만 지금은 명상하지 않으면 안 돼! 밀로의 연기에 속는 거, 좋지 않아!"

물론 속은 건 아니다.

밀로 씨, 마왕의 분위기를 내려고는 했지만 내내 국어책 읽기 수준이었으니 말이다.

그래서 방금은 연기였고, 방해 공작이라는 건 알고 있었다.

그래도 누아르 씨가 울고 있었으니까.

처음엔 연기였지만 너무 몰입해서 진심으로 슬퍼진 것이리라. 오늘 처음 알았는데 누아르 씨는 연기파였다.

덥석.

"애쉬가 레드 드래곤에게 먹혀 버렸어."

펄럭펄럭.

"애쉬가 날아가."

느닷없이 눈앞이 새카매지고 날갯소리가 들렸다 싶었더니 그런 모양이다.

애쉬에게 먼 곳을 가게 할 거라는 말은 연기가 아니었나.

어디로 옮기는 것인지는 모르겠지만 이것도 수행이다.

모든 상황을 받아들이고 평상심을 유지함으로써 정신력이 단련된다!

흙냄새가 충만한 레드 드래곤의 체내에서 눈을 감고 나는 명상을 계속했다.

♛ 제 6 막 최종 형태입니다 →

빨려 들어갈 정도로 푸른 하늘을 올려다보고 누아르는 멍하니 입을 벌리고 있었다.

"애쉬가 사라져 버렸어."

애쉬를 통째로 삼킨 레드 드래곤이 하늘 저편으로 날아가 버린 것이다.

"안심해라!"

어리둥절한 누아르의 머리에 따뜻한 것이 닿는다.

"애쉬는 아득히 먼 상공에 있는 것뿐! 사라진 건 아니야!"

밀로가 위로하듯이 머리카락을 쓰다듬어 주지만 누아르는 납득하지 못했다. 사전에 주고받은 협의와 이야기가 다르다.

"너무 멀어. 나는 애쉬 옆에 있고 싶어."

"누아르, 애쉬를 너무 따라. 착한 아이니까 참아!"

밀로의 말은 틀리지 않아서 누아르는 묵고한다.

애쉬와 떨어지는 건 가슴이 찢어질 정도로 서글픈 일이다. 누아르에게 있어 애쉬는 처음으로 생긴 친구니까. 애쉬가 없다니, 생각만으로도 두려워진다.

하지만 이번 생의 이별이고 그런 것은 아니다.

시련의 방 때와 달리 애쉬는 같은 세계에 있다.

시련의 방 때와 달리 언제 돌아올지는 명백히 정해져 있다.

열흘 동안이나 볼 수 없는 것은 쓸쓸하지만── 기일을 맞이했을 때 애쉬는 꿈에 한 걸음 더 가까이 가 있을 테니까.

애쉬의 꿈을 이루기 위해서라면 어떤 일이라도 참아 내리라.

애쉬의 꿈은 누아르의 꿈이기도 하므로.

"……참을게. 애쉬가 대마법사가 되길 바라니까. 그러면 애쉬는 미소를 지어 주니까."

기본적으로 애쉬는 늘 웃고 있지만 꿈이 이루어진 순간에 보여 주는 미소는 지금까지의 것과는 비교가 안 될 만큼 행복에 가득 차 있을 터.

행복해 보이는 애쉬의 모습을 상상하기만 해도 누아르는 행복해진다.

"누아르, 착해!"

누아르의 머리카락을 북북 쓰다듬고서 밀로는 싱긋 웃는다.

"안심해라. 애쉬는 반드시 대마법사가 될 거다! 그건 밀로가 보증……."

그때 갑자기 밀로가 험악한 표정을 지었다. 뒤를 돌아보고,

"……밀로의 마물, 사라졌다?"

불쑥 중얼거린다.

"레드 드래곤이 사라진 거야?"

"아니다. 레드 드래곤은 무사. 하지만 만티코어, 사라졌어. ──또 사라졌어!"

멀리 떨어져 있어도 자신이 만든 마물이 무사한지 어떤지는 알 수 있는 모양이다.

밀로의 마력이 유지되는 한은 사라지지 않는 것 같으니 마물이 소멸한 원인은 하나뿐이다.

"진짜 마물한테 공격당해서?"

밀로는 고개를 저었다.

"있을 수 없는 일이다! 밀로의 마물은 강하니까! 그런데 하나둘 계속 사라져 가! 대체 무슨 일이――."

치이익.

무언가가 증발하는 소리가 들려서 밀로는 그쪽을 돌아본다.

"누구냐!"

즉시 위저드 로드를 들고 태세를 갖추는 밀로.

그 시선의 끝에는――.

『나는《붉은 제왕》레드 로드! 수많은 세계를! 무수한 강자를 멸한 세계최강의 마왕이다!』

재가 눈처럼 훨훨 내리는 가운데, 새빨간 갑옷 무사가 우뚝 서 있었다.

원래라면 그곳에 무성했을 나무들은 무슨 영문인지 재가 되어 버렸다. 이에 더해 지열이 상승하여 누아르의 몸을 열기가 뒤덮는다.

자연현상이라고는 생각되지 않는다.

이건 틀림없이 붉은 기사의—— 마왕의 소행이다.

그렇게 판단한 누아르는 위저드 로드를 손에 들었다.

애쉬가 없는 이상, 누아르와 밀로 둘이서 이 자리를 이겨내야
한다.

"왜 마왕이 있지?"

마왕의 등장에 밀로가 당황하고 있다.

정신력을 단련했다곤 해도 마왕을 앞에 두고 평상심을 유지하
긴 어려운 모양이다.

대조적으로 지금까지 많은 마왕을 보아 온 누아르는 평상심을
유지하고 있었다.

그런 누아르의 모습이 썩 유쾌한지 마왕의 갑주가 떨린다.

『크크크. 그 울화통 터지는 계집애를 닮은 영혼의 파동을 느
껴서 이렇게 멀리서 일부러 와 봤더니—— 역시 네놈이었나,
《얼음의 제왕》 아이스 로드!』

"나는 《얼음의 제왕》이 아니야."

『시치미 뗄 셈이냐! 그렇다면 발할라로 연행해서 네놈에게 고
문을 가해 주겠다!』

"연행은 싫어."

『네놈에게 거부권 따위는 없다! 왜냐면 네놈은 이 나와——
《붉은 제왕》과 대치하고 있으니까 말이다! 나와 대치한 이상,
네놈은 발할라로 연행될 운명이다!』

누아르는 위저드 로드를 들고 자세를 취했다.

애쉬가 없고, 밀로가 당황하고 있는 지금, 누아르가 분발하는

수밖에 없다!

"운명은 뒤집을 수 있어. 새하얀 마왕도 같은 말을 하고 두 동강이 났는걸."

이 말에 당황하지 않을까 싶었으나 마왕은 여유 있는 태도를 무너뜨리지 않았다.

『호오! 영혼의 파동이 느껴지지 않는다 싶었더니 죽었었군. 어차피 과거로 돌아가는 재주밖에 없는 마왕. 기이한 힘에 빠져서 나처럼 근본이 되는 전투력을 갈고닦지 않으니까 당하는 거다.』

"다음은 당신이 두 동강 날 차례야."

『크크크. 네놈, 설마 내가 그 녀석보다 약하다고 생각하고 있는 게냐? 그 녀석의 서열은 《시간 역행》이 있기에 가능한 서열! 순수한 전투력은 내 쪽이 훨씬 높다!』

꾸우욱!

갑자기 흙이 마왕을 뒤덮고서 꾸우우우욱 압축한다.

"누아르, 안심해! 마왕, 밀로가 해치웠다! 납작하게 만들었다!"

츠와악!

증발하는 듯한 소리를 내며 마왕을 뒤덮고 있었던 흙이 흔적도 없이 소멸한다.

상처 하나 없는 마왕을 보고 밀로는 뒷걸음질 쳤다.

"누아르?! 마왕, 얼마나 강해?! 밀로도 해치울 수 있어?!"

"모르겠어. 그러니까 지원군을 부를 거야. 그때까지 시간을 벌어 줘."

"밀로, 노력할게!"

밀로가 룬을 그리자 100마리가 넘는 만티코어가 만들어졌다.

"공격해!"

밀로의 호령을 받고 마왕에게 돌진하지만 그 갑옷에 닿기도 전에 하나둘 소멸한다. 필시 마왕은 방어 결계(실드)를 걸치고 있을 것이다.

잇달아 사라져 가는 만티코어를 본체만체하고 누아르는 애쉬에게 전화를 건다.

애쉬는 마력이 부족하기 때문에 일방적으로 떠드는 꼴이 되겠지만 이쪽의 상황은 파악할 수 있을 것이다. 파악하면 곧장 달려와서 마왕을 해치워 줄 것이다.

"제발, 받아⋯⋯!"

그러나 애쉬는 전화를 받지 않았다.

명상 중이기 때문이다!

그래서 누아르는 다음 인물에게 도움을 요청하기로 했다. 몇 번의 신호음 후 반가운 목소리가 들려온다.

『누아르 씨한테서 전화가 오다니 이게 웬일이래요! 무슨 일임까?』

에파다.

"마왕이 습격했어. 순간이동으로 와서 도와줘."

『네?! 마왕요?! 그런데 마왕은 사부가 해치웠잖습까?』

"마왕은 많이 있어."

『아직도 있슴까?! 아, 그래도 사부가 함께라면 안심이잖슴까?』

"애쉬는 레드 드래곤에게 먹혔어."

『사부, 먹혀 버렸슴까?!』

"그래서 에파가 도와줬으면 좋겠어."

『알았슴다! 그런데 지금 어디에 있슴까?! 순간이동은 한 번 방문한 적이 있는 장소밖에 갈 수 없슴다!』

"……처음 들어."

『수업에서 배웠을 텐데 말임다?!』

"잊고 있었어. 나는 그라프 숲에 있어."

『거기가 어딥니까?!』

"라인 왕국 동쪽에 있는 숲이야."

『알았슴다! 초특급으로 가겠슴다! 누아르 씨는 어떻게든 살아남길 바람다!』

알았어, 하고 누아르는 대답한 다음 통화를 마친다. 그리고 즉각 다음 친구에게 전화한다. 누아르의 휴대전화에는 많은 강자가 등록되어 있으나 그중에서 순간이동을 사용할 수 있는 건 누아르가 아는 한 세 명뿐이다.

그중에서 제일 강한 자는 용자 일행 최고참 필립이지만, 에파와 마찬가지로 그라프 숲을 방문한 적이 있는지 어떤지는 모른다. 만티코어도 얼마 남지 않았고, 헛된 시간을 보내고 있을 틈은 없다.

그래서 누아르는 남은 한 명에게 전화를 걸기로 했다. 그 인물은 확실히 그라프 숲을 방문한 적이 있다.

『여어, 무슨 일이니?』

티코다.

그녀가 그라프 숲을 방문한 적이 있다는 이야기는 애쉬에게 들었었다. 티코라면 즉시 구하러 와줄 터.

"마왕이 습격했어. 그라프 숲으로 와줘."

도움을 요청한 다음 순간, 티코가 눈앞에 나타났다.

흉악한 마왕의 모습을 직접 보고 곧바로 위저드 로드를 들고 자세를 취한다. 언제나 온화한 표정의 티코지만 지금은 초조함이 엿보인다.

"애쉬 군은 어디에 있니?"

"레드 드래곤에게 먹혀 버렸어."

"사정은 모르겠지만 이 자리를 우리만으로 넘겨야 한다는 거지?"

누아르가 고개를 끄덕였을 때 밀로의 비명이 울려 퍼졌다.

"누아르, 아직?! 밀로의 마력, 얼마 안 남았어! 만티코어, 전멸했어! 새로운 마물, 만들어낼 수 없어!"

"나머지는 내게 맡기면 돼."

"너, 그때 사라진 여자! 어떻게 여기에 있어?!"

"내가 불렀어. 티코는 순간이동으로 구하러 와줬어."

"티코, 진짜 좋아!"

강력한 도우미의 등장에 밀로의 얼굴에 안도의 빛이 뜬다.

"그런데, 마왕의 특성은? 어떤 공격이 유효하지?"

"모르겠어! 마왕, 결계를 쳤어! 오밀조밀 공격해도 다 튕겨내!"

"전력을 다한 일격을 선사하라, 라는 얘기네."

알았다며 중얼거리고서 티코가 룬을 완성시킨다. 바로 다음 순간——.

반짝, 섬광이 전방위로 확산됐다.

레드 드래곤을 통째로 삼킬 수 있을 정도로 굵은 광선이 마왕에게 덮쳐든다. 한 박자 늦게 폭풍이 휘몰아치고, 모래 먼지가 휘몰아쳐서 누아르는 눈을 뜨고 있을 수 없게 됐다.

빛이 사그라지고, 누아르는 조심스럽게 눈을 뜬다.

스푼으로 뜬 것처럼 대지가 패었고——.

"이건, 좀…… 너무 강한데."

상처 하나 없는 마왕을 보고서 티코는 깜짝 놀라 중얼거렸다. 정말로 전력을 다한 일격이었던 듯 힘이 싹 빠졌는지 무릎을 꿇는다.

"도움이 되지 못해서 면목 없네……."

"그렇지 않아. 구하러 와줘서 기뻤어. 나머지는 내가 할게."

누아르는 위저드 로드를 들고, 밀로를 본다.

"당신은 애쉬를 데려와 줘."

"그럴 수 있으면 진작 했다! 밀로, 그러지 못하니까 싸우고 있다!"

"왜 할 수 없는데?"

"레드 드래곤 아득한 상공에 있다! 당분간 안 돌아온다! 새로운 명령, 가까이에 없으면 못 해!"

"알았어. 그러면 내가 분발할게⋯⋯!"

누아르는 특대 얼음 창을 연달아 발사하지만, 전부 다 마왕에게 도달하기 전에 소멸해 버렸다.

『왜 그러냐, 《얼음의 제왕》이여. 네놈의 힘은 겨우 그 정도냐?』

"아직이야⋯⋯!"

누아르는 혼신의 마력을 담아 얼음덩어리(아이스 블록)를 마왕의 머리 위로 떨어뜨렸지만, 얼음덩어리는 《붉은 제왕》에게 닿기 전에 소멸했다──. 녹은 것을 보건대 마왕은 고온의 열풍을 몸에 걸치고 있는 듯하다.

그것을 깨달은 누아르는 그만 마음이 꺾일 뻔했다.

얼음을 사용하는 누아르에게 열을 무기로 하는 상대는 천적이기 때문이다.

『네놈이 무슨 짓을 하든 소용없다! 나는 지금까지 무수한 싸움에서 단 한 번도 상처를 입은 적이 없어서 말이다. 상처 하나 없기에 무적! 패배 하나 없기에 최강! 최강이기에 마왕! 네놈 따위의 공격이 진정한 마왕인 이 나에게 통할 리가 없지 않느냐!』

꾸우욱!

다시 한번 흙이 마왕을 감싸고 압축했다.

"지금 도망쳐라! 밀로, 지금 걸로 마력을 다 써 버렸다! 움직일 수 없다!"

"같은 의견이야. 누아르, 너만이라도 도망쳐."

마력을 다 써 버리면 강렬한 현기증이 나고 급기야 실신하는 자도 있다──.

엘슈타니아로 향하는 열차 안에서 콜론이 했었던 말을 누아르는 떠올렸다.

그것을 알면서 밀로와 티코는 마력을 다 써 버리면서까지 싸워 준 것이다. 그런 두 사람을 두고 도망치라니, 누아르에게는 불가능하다.

"그럴 수 없어. 당신들은 애쉬에게 힘을 빌려주었거든. 애쉬의 은인은 내 은인이기도 해. 그러니 절대로 버리지 않아."

누아르는 두 사람의 팔을 잡아당겨, 같이 숲에 숨으려고 한다.

하지만 세 살배기의 몸으론 어른 두 명을 잡아당길 수 없었다.

『네놈, 이 나와 대치하고 도망칠 수 있다고 생각하는 거야?』

"할 수 있어! 네 결계에 다가가지 않으면 무섭지 않으니까!"

마왕은 열풍을 걸치고 있다.

애쉬가 재채기로 해치운《남쪽의 제왕》과 비슷한 전투 스타일이다.

그렇다면 접근을 허락하지 않는 한 살아남을 수 있다.

『가소롭군! 네놈이 결계라고 생각하는 것은 마법이 아니다! 그저 체온일 뿐이지!』

"체온……!"

"그냥 체온이었구나……."

"밀로의 마물들, 체온에 졌어……?!"

누아르와 티코와 밀로는 온 힘을 다하고도 마왕의 체온에 패배했다.

모든 힘을 쥐어짜 쏜 공격은 갑옷 안쪽으로부터 새어 나오는 열기에 지워지고 증발했다.

요컨대 마왕은—— 아무것도 하지 않는다를 하고 있었던 것이다!

애쉬와 싸운 수많은 마왕은 바로 이런 기분이었으리라.

절망적인 얼굴의 누아르 일행을 보고 마왕은 너털웃음을 짓는다.

『인간의 절망하는 얼굴은 몇 번을 봐도 유쾌하기 짝이 없군!』

아무래도 마왕은 절망하는 얼굴을 보기 위해서 얌전히 공격을 받고 있었던 모양이다.

『특히 아이스 로드! 네놈의 절망은 각별하다! 오래간만에 유쾌한 것을 구경했군! 나를 즐겁게 해준 상이다. 특별히 재미있는 걸 보여 주도록 하지! 나의—— 제2형태를 말이지!』

쓰우욱!

돌연 마왕의 몸에서 팔 여덟 개가 튀어나왔다.

두꺼운 팔이 어깨에 두 개, 옆구리에 두 개, 가슴에 두 개, 등에 두 개──그 손가락은 흡사 대포처럼 긴 원통 모양으로 되어 있다.

손가락에서 맹렬한 열풍이 분사되는 것이라면 마왕은 압도적인 파괴력과 추진력을 동시에 손에 넣은 셈이 된다.

……생각할 필요도 없다.

이 승부, 누아르의 패배다.

『으하하하하! 이렇게 된 이상 네놈들의 승리는 만에 하나도 없어졌다! 내가 변신 마법(트랜스 폼)을 사용했으니까 말이지! 나의 체온은 통상 시의 배 이상으로 높아져 있다! 전투력은 변신 전과는 비교도 안 된다!』

슈우우우우우웅!!!!

이쪽을 위협하는 걸까. 붉은 섬광과 함께 발사된 맹렬한 열풍이 마왕의 후방에 펼쳐진 숲을 대지와 함께 지워 버렸다. 티코의 전력과는 비교도 안 되는 파괴력이다.

『게하하하하! 다른 사람도 아닌 내가 허세를 부리고 말았어! 오랜만의 변신이거든! 덕분에 기분이 고양되었다! 발할라로 연행해야 하거늘, 이거 기운이 넘쳐서 죽여 버릴지도 모르겠군!』

변신함으로써 기질이 난폭해졌을 뿐만 아니라, 원거리이면서 광범위한 공격이 가능해졌다.

누아르 일행에게 도망칠 곳은 남아 있지 않다.

"······이제 끝이야."

누아르는 마음속으로 절망한다.

애쉬가 연달아 해치워서 마음속 어딘가에서 『마왕, 사실은 약한 거 아냐?』, 이런 생각까지 들곤 했다.

하지만 아니었다.

마왕이 약한 게 아니다.

단지 애쉬가 너무 강한 것뿐이다.

"나는 너를 이길 수 없어. 하지만 너는 애쉬를 이길 수 없어. 새하얀 마왕처럼 두 동강 날 게 뻔해."

『무슨 말을 하나 했더니 어리석은 소리를! 내가 인간에게 질 리가 만무하다! 아니! 인간만이 아니다! 상대가 누구일지언정 나의 패배는 만에 하나도 있을 수 없다!』

왜냐하면, 하고 마왕은 비열하게 웃는다.

『왜냐하면 나는—— 아직도 세 번의 변신을 남겨 두고 있기 때문이다!』

쿵!

마왕이 의기양양하게 외친 순간, 집 옆에 『무언가』가 떨어졌다.

그 『무언가』를 보고 누아르는 저도 모르게 미소를 지었다.

절망에 지배당하고 있었던 마음이 순식간에 해방된다.

머리부터 떨어진 것이리라——.

애쉬의 하반신이 지면 위로 돋아 있었다.

◆

  레드 드래곤의 체내에서 명상을 시작하고 얼마나 시간이 지났을까. 갑자기 흙냄새가 사라졌다 싶었더니 내장이 붕 뜨는 듯한 감각에 휩싸였다.

  마치 급강하하고 있는 것 같다. 실제로 급강하 중일 것이다. 눈을 감고 있어도 그 정도는 알 수 있다.

  그래도 나는 평정을 계속 유지했다.

  밀로 씨와 약속했으니까 말이다. 무슨 일이 있더라도 명상을 그만두지 말라고.

  쿵!

  흙냄새가 부활했다. 뭔가 공기가 옅어진 기분이 든다. 축축한 게 꼭 땅에 박혀 있는 것 같다.

  실제로 땅에 박혀 있을 테지만…… 명상을 할 수 없는 건 아니다.

  이것도 방해 공작일 테고, 지시대로 명상을 계속해야겠다!

  "애쉬! 애쉬!"

  응? 이 목소리, 누아르 씨인가? 언제나 조용한데 이렇게 소리치다니 별일이군.

이것도 방해인가? 그렇다고 한다면 상당히 연기력이 올랐는데…….

"무사하면 대답을 해줘! 대답할 수 없으면 다리를 바동바동 움직여 줘!"

……아무래도 상황이 이상하다.

뭐라고 할까, 연기치고는 필사적인 느낌이 있다.

"명상을 방해하는 게 아냐! 믿어 줘……!"

믿고 자시고 이렇게 필사적인 누아르 씨는 처음이다.

꽤 오래 알고 지낸 사이. 목소리를 들은 것만으로 예삿일이 아니란 것을 알 수 있다.

"무슨 일이야? ……아, 그렇군."

후욱 숨을 불어 로켓처럼 지상으로 튀어나온 나는 상황을 대강 파악했다.

10개의 팔을 가진 붉은 기사가 눈앞에 우뚝 서 있었기 때문이다.

"우리, 《붉은 제왕》인가 하는 마왕에게 습격당했어! 죽는 줄 알았다!"

밀로 씨가 넙죽 엎드린 자세로 말한다. 구하러 달려와 준 것이리라. 그 옆에는 티코 씨가 무릎을 꿇고 있었다.

틀림없이 마력을 다 써 버리고 서지도 못하게 된 상태일 것이다. 레드 드래곤이 소멸한 것도 마력을 전부 사용해 버려서다.

그라프 숲도 거의 초토화됐다. 정말이지, 이 녀석들은 다 해서 몇이나 있는 거야? 해치우고 또 해치워도 끝이 없네.

이동 중에 습격해 오는 거라면 몰라도 수행의 방해만은 안 했으면 싶다.

『게하하하하! 그래, 네놈이 《검은 제왕》과 《하얀 제왕》을 해치운 인간이냐!』

팔을 붕붕 흔들면서 마왕이 비웃는다.

"응, 맞아. 그 녀석들을 해치운 건 나야. 이번엔 네 차례다. 하지만 그 전에 묻고 싶은 것이 몇 가지 있어!"

마왕이 앞으로 얼마나 더 있는지 파악해 두고 싶다. 많이 있다면 한꺼번에 덤비러 오면 좋겠다. 그렇지 않으면 또 수행하는 데 방해를 받을 테니.

"대화, 금지! 빨리 해치우는 편이 좋아! 그 녀석 변신해!"

변신?

"아니, 마왕이 말이에요?"

합체하는 마왕은 짐작 가는 데가 있지만 변신하는 마왕을 보는 건 처음이다.

"마왕, 아직 세 번이나 더 변신할 수 있어! 외견, 변해! 힘, 강해져! 세계, 멸망해!"

외견이 변하는 걸 알고 있다는 것은, 마왕은 변신을 끝냈다는 말인가.

그렇다는 말은 지금의 마왕은 제2형태라는 얘기다.

제3형태, 제4형태, 최종 형태가 어떤 모습이 될지, 전혀 상상

이 가지 않는다.

살벌한 모습이 되는지.

역겨운 모습이 되는지.

심플한 모습이 되는지.

커지거나 반대로 작아질지도 모른다.

최종 형태의 마왕을 보고——— 나는 놀라게 될까.

최종 형태의 마왕에——— 나는 이길 수 있을까.

정신력을 극한까지 단련한 밀로 씨가 평정을 잃을 정도이니 내가 놀라더라도 이상하지 않다.

즉, 최종 형태가 된 마왕과 마주함으로써 나는 정신력을 단련할 수 있다.

"죄송해요, 밀로 씨. 저는 이 녀석이 변신한 모습을 보고 싶어요!"

"무, 무슨 소리를 하고 있어?! 지금 안 해치우고 언제 해치워?!"

"최종 형태가 된 다음에 해치우겠습니다!"

"그거, 안 돼! 마왕, 제2형태도 무진장 강해! 최종 형태, 더 강해져! 애쉬라도 이길 수 있을지 어떨지 몰라!"

밀로 씨는 나를 제자로 들여 주었다. 나를 위해서 오리지널 훈련 메뉴를 고안해 주었다. 밀로 씨의 부탁이라면 무엇이든지 들어주고 싶다.

하지만——.

"그래도 저는 마왕의 최종 형태를 보고 싶어요! 그리고 싸워서 이기고 싶습니다!"

제멋대로라고 야단맞아도 이것만은 양보할 수 없다.

나는 『진정한 강적』과의 싸움을 바라고 있다.

아직 제2형태지만 과거의 마왕과 동등하거나 그 이상의 힘을 자랑하는 마왕. 최종 형태가 됐을 때 이 녀석은 상상을 초월하는 힘을 손에 넣을 것이다.

세계의 평화를 우선한다면 밀로 씨의 말대로 해야 한다.

하지만 지금 해치워선 내 소망은 이루어지지 않는다.

왜냐하면 강자와 싸움으로써—— 격투 끝에 승리를 움켜쥠으로써 내 정신력은 비약적인 성장을 이룰 테니까!

위기 상황을 이겨낼 때 비로소 마음은 강해지는 것이다!

"저, 마왕을 해치우겠습니다! 반드시 해치워 보일게요! 그리고 대마법사가 되어 보이겠습니다!"

세계의 평화와 나의 꿈.

그 두 개를 나는 동시에 손에 넣으려 하고 있다.

이기적일지도 모른다.

제멋대로 구는 걸지도 모른다.

그래도, 이것만은 양보할 수 없다!

"나는 애쉬 군을 응원할게. 스승은 제자를 믿는 법이지."

"티코 씨······!"

"······알았다. 밀로도 애쉬를 믿을래!"

"밀로 씨······!"

"나는 무슨 일이 있어도 네 옆에 있겠어. 도망치지도 숨지도 않아. 싸움을 지켜볼 거야."

"누아르 씨······!"

세 명 모두 나와 같이 죽을 각오인 것 같다.

내 손에 세 명의 목숨이 걸려 있다.

아니, 세 명만이 아니다.

이 싸움에는 많은 목숨이──.

세계의 운명이 걸려 있다!

"자아, 변신해 봐라!"

모두를 위해서도.

꿈을 위해서도.

나는 최종 형태가 된 마왕을 해치우고 말겠다!

『어딜 인간 주제에 우쭐대고 있어! 마왕을 죽여서 자기가 강하다고 굳게 믿고 있는 듯하다만, 나와 그놈들은 격이 달라! 나와 네놈은 힘의 차원이 다르다! 어리석은 인간이여, 그래도 나의 최종 형태를 바라느냐!』

"바란다! 어서, 내게 최종 형태를 보여 봐라! 지금까지의 마왕과는 다르다는 것을 내가 뼈저리게 느끼게 해봐!"

『자만하지 마라! 네놈 따위를 죽이는 데에 최종 형태를 보여 줄 필요도 없다! 하지만 네놈에게는 상을 하나 내려 주고 싶다고 생각하던 참이다!』

"상이라고?"

『그렇다! 마왕의 수치들을 죽인 네놈에게 절망이라는 이름의 상을 내리고 싶다고 생각했었다! 내 최종 형태를 보고 절망하는 네놈의 얼굴이 눈에 선하구나!』

"그렇게 절망하는 얼굴이 보고 싶다면 빨리 변신해 봐!"

『좋다! 변신한 나를 봤을 때, 네놈은 자신의 무력함을 깨달을 테지! 자, 눈을 크게 뜨거라! 이것이 삼라만상을 다스리는 마왕——《붉은 제왕》의 제3형태이니라!』

쓰우우욱!

『그하하하하! 힘이! 힘이 넘쳐흐르는구나! 네놈도 느낄 테지, 내 힘을! 양껏 깨달았을 테지, 역량의 차를! 어떻게 발버둥 치더라도 네놈은 죽을 운명이다! 왜냐하면 네놈은 이 나를 적으로 돌려 버렸으니까 말이지! 자, 절망의 끝에 산화하거라! 눈을 뜨고 보도록! 이것이 만물의 정점에 군림하는 마왕——《붉은 제왕》의 제4형태다!』

쓰우우욱!

『갸하하하하! 이 힘! 압도적인 이 힘! 제4형태의 나를 대적할 자는 없다! 나의 살의는 모든 생명체를 멸망시킬 때까지 사라지지 않는다! 따라서 목숨을 구걸함은 무의미임을 알아라! 오늘 이날, 세계는 붉게 물들지어다! 축복하거라, 진정한 마왕의 탄생을! 저주하거라, 나를 깔본 어리석음을! 자아, 눈을 크게 뜨고 보아라! 이것이 마왕의 정점에 군림하는 《붉은 제왕》의 진정한 모습! ──최종 형태이나니!』

쑤우우욱!

퍼어어어어어어엉!!!!!!
정권 지르기를 하자 대량의 팔과 함께 마왕이 슝~ 날아갔다.
그 팔은 대체 뭐에 쓰려고 그렇게 주렁주렁 단 거야!
그렇게 소리치고 싶어졌으나 정신력을 단련하기 위해서 참았다.
"애쉬, 무사?!"
마왕이 산산조각 난 것을 확인하고, 밀로 씨가 기어서 다가왔다.
"저는 무사해요. 자, 계속해서 수행을 부탁합니다! 밀로 씨의 마력과 체력이 회복될 때까지 명상하며 기다리고 있을 테니까요!"
"수행할 필요, 없어! 애쉬, 수행하지 않아도 강해!"
"저는 마법사로서 강해지고 싶어요! 대마법사가 되기 위해서

는 밀로 씨의 수행을 빼놓을 수 없고요!"

"불가능해!"

밀로 씨는 가슴 앞에서 X자 표시를 만든다.

"왜 안 되는데요?"

"애쉬, 마왕의 최종 형태를 보고도 침착했었어! 그런 애쉬를 놀라게 하는 것, 밀로에게는 불가능!"

"그건 마왕에게 습격당하는 게 익숙해서 그런 거예요."

지금까지 수많은 마왕과 싸워 왔으니까 말이다.

정신적으로 강해졌다기보다 감각이 마비되어 버렸다.

"밀로, 마왕 습격보다 더한 놀라움을 제공할 수 없어! 그 이상의 놀라움, 이 세상에 없다!"

밀로 씨는 단언했다.

"요컨대 수행은 실패라는 말인가요?"

"그렇다고는 할 수 없다!"

고개를 푹 숙이는 나를 밀로 씨가 밝은 목소리로 다독인다.

"애쉬, 레드 드래곤에게 먹혔어! 애쉬, 상공에서 떨어졌어! 애쉬, 대지에 박혔어! 애쉬, 마왕과 싸웠어! 그런데도 애쉬, 차분했었다!"

과연.

듣고 보니 짧은 시간 동안에 다양한 일이 있었군.

마왕의 최종 형태를 봤을 때는 나도 모르게 소리칠 뻔했으나 기본적으로는 평정을 유지했다.

"즉 수행은 성공했다는 말인가요?"

"그래! 무투가의 수행, 양과 질이 중요! 근데 마법사의 수행, 양보다 질이 중요! 시간을 들인다고 강해지는 건 아니다!"

"그렇군요!"

농밀한 시간을 보낸 만큼 내 정신력은 단단히 단련됐다는 말인가!

"저, 마법을 사용해 보겠어요!"

마력이 증가했는지 확인하려면 마법을 사용하는 게 제일 빠르다. 가만히 있지 못하고 나는 파트너를 꺼냈다.

하늘에서 지면으로 내팽개쳐졌다. 목제였으면 부러졌겠지만 내 파트너는 금속제. 이 정도론 부서지지 않는다.

덧붙여 휴대전화는 가방 안에 들어가 있으므로 무사하다.

"이번에도 카마이타치를 사용할 거니?"

"아뇨, 카마이타치는 티코 씨의 수행으로 마스터했으니 이번에는 다른 마법에 도전해 볼래요."

"뭘 사용할 건데?"

"카마이타치 다음으로 마력이 필요한 마법이야."

느낌이 딱 오지 않는지 누아르 씨는 고개를 갸웃한다. 백문이 불여일견이다.

"지금 보여 줄게."

"기대돼."

설렌 어조로 그렇게 말하자 누아르 씨는 내 뒤로 돌아 들어간다.

"그럼."

바람 마법 중에서 카마이타치 다음으로 마력이 필요한 마법은…… 그거다. 그 마법의 룬을 머릿속에 그려, 물리적으로 카마이타치를 발생시키지 않도록 신중히 위저드 로드를 움직인다.

그리고 룬이 완성된 순간──.

"좋아!"

나는 마음속으로 의기양양한 포즈를 취한다.

무사히 마법이 발동했다!

밀로 씨의 수행은 정말로 성공적이었던 것이다!

"아무것도 안 일어나네."

"애쉬 군에게는 대체 지금 뭐가 보이는 걸까?"

"애쉬, 환각 보고 있어? 머리, 세계 부딪쳤어? 무릎베개하고 쉴래?"

누아르 씨와 티코 씨가 어리둥절하고, 밀로 씨가 걱정스러운 듯이 말을 걸어온다.

"환각이 아니에요. 저기를 보세요!"

"밀로, 눈이 나빠. 저기, 뭐가 있는데."

"마왕의 파편이 떨어져 있어."

"그거 말고. 그 옆."

"……작은 돌 말하는 거야?"

"그래! 작은 돌! 이해가 안 가면 가볍게 손가락으로 튕겨봐!"

"해볼게."

누아르 씨는 유리구슬 크기의 작은 돌을 손가락으로 튕겼다.

스윽———…… 또옥.

1미터쯤 지면을 미끄러져 간 작은 돌은 마왕의 파편에 부딪치고 움직임을 멈췄다.

"예상과는 다른 움직임이었어. 왜지?"

매끄럽게 움직인 작은 돌에 누아르 씨는 당황한다.

"부유 마법을 사용했거든!"

부유 마법이란 물체를 허공에 띄우는 마법이다.

하려고 하면 인간을 띄울 수도 있으나 비행 마법과 달리 자유롭게 움직일 수는 없다. 말하자면 부유 마법은 비행 마법의 하위 호환. 그 때문에 마력을 별로 필요로 하지 않는다.

하지만 부유 마법이 쓸모가 없는 건 아니다.

마력을 많이 담으면 담을수록 무거운 것을 띄울 수 있다. 그래서 짐 운반 등에 사용되고 있기 때문이다.

즉.

"부유 마법을 사용하면 이사가 편해진다는 말씀!"

"네 경우는 짊어지는 편이 빨라."

"애쉬 군이라면 집째로 들어 나를 수 있을 테지."

"애쉬라면 지반째 들어 나를 수 있다!"

그런 이사는 싫다!

"지반째 옮겨 버리면 다음에 이사 오는 사람에게 폐를 끼치니까, 다음에 이사할 때는 부유 마법을 사용해 볼래요!"

지금은 작은 돌을 띄우는 게 고작이지만, 수행하면 온갖 가구를 나를 수 있게 될 것이다.

하지만 그러면 평범한 마법사다.

내 목표는 대마법사. 대륙 최서단에 묻혀 있는 『절대로 부서지지 않는 위저드 로드』를 회수할 수 있을 정도가 되어 보이겠다!

아무튼 약간이라곤 하지만 뜬 이상 부유 마법을 마스터했다고 해도 과언이 아니다.

티코 씨 밑에서 카마이타치를 마스터하고, 밀로 씨 밑에서 부유 마법을 마스터했다.

라인 왕국에서 나는 두 가지 마법을 구사할 수 있게 된 것이다.

이 페이스라면 전 세계를 돌 무렵에는 바람 마법의 극한까지 다다를 것이다!

"두 분 다 제게 수행을 시켜 주셔서 정말로 감사합니다!"

재차 감사 인사를 하자 티코 씨와 밀로 씨가 싱긋 웃는다.

"감사 인사 할 필요 없어. 네 기뻐하는 얼굴을 보고 있으면 이쪽까지 기뻐지니까 말이지."

"애쉬, 생명의 은인! 누아르와 티코, 밀로의 전우! 세 사람은 밀로의 친구! 감사의 표시로 진수성찬 만들래!"

"기대돼."

"티코도 먹고 가!"

"그래. 모처럼이니 얻어먹을게."

밀로 씨에게 거북함을 가지고 있었던 티코 씨는 함께 싸우고 동료 의식이 싹튼 모양이다. 스승끼리 친해진 것은 제자로서 기쁜 일이다.

"……."

진수성찬이란 말을 듣고 신이 났었던 누아르 씨가 무언가를 생각하는 양 침묵에 잠긴다.

"왜 그래?"

"무언가 깜빡 잊은 기분이 들어. 하지만 생각이 안 나."

미간을 찌푸리고 생각해 내고자 하는 모습이나 영 생각이 나지 않는 모양이다.

"분명 피곤해서 잊어버린 것뿐이야. 배가 빵빵해지면 생각날 거야. 그러니 집으로 들어가자."

"그렇게 할게. 배도 엄청 고프거든."

그리하여, 마력이 회복되고 움직일 수 있게 된 두 스승님과 함께 나와 누아르 씨는 집으로 들어갔다.

그라프 숲에 에파가 온 것은 그 이튿날 아침이었다.

■종 막 출소했습니다 ➔

그날 아침.

"사부! 무사했군요!"

밀로 씨의 집 앞에서 바비큐 준비를 하는데 에파가 하늘에서 훨훨 내려왔다.

"레드 드래곤에게 먹혔다고 들었는데, 위장을 쫙 찢고 나왔군요! 아, 그건 그럼 레드 드래곤 고기임까?!"

"이건 코카트리스 고기야."

"코카트리스 위장도 쫙 찢었군요!"

왜 위장을 쫙 찢는 게 전제야?

"코카트리스는 밀로 씨라고 하는 내 스승님이 사냥한 거야. 먹을래?"

꼬르륵꼬르륵 배꼽시계를 울리고 있길래 물어보자 에파는 고개를 연신 끄덕였다.

"먹고 싶습다! 어제부터 먹지도 마시지도 못하고 계속 날아서 말임다! 정말 배고픔다……."

정신없이 떠들던 에파는 퍼뜩 놀란 얼굴로 주위를 둘러본다.

"마, 맞다! 누아르 씨! 누아르 씨는 어떻게 됐습까?!"

"누아르 씨라면 슬슬 일어날 무렵……."

호랑이도 제 말 하면 온다더니.

고기 굽는 냄새에 이끌렸는지 누아르 씨가 밖으로 나왔다.

"누아르 씨라면 저기에 있어."

에파가 어리둥절해한다.

"어라? 제가 피곤한 걸까요? 누아르 씨가 어리게 보임다."

"환각이 아니야. 지금의 누아르 씨는 세 살배기니까. 그 왜, 전에 내가 마신 약 기억해?"

"퇴화약 말임까?"

"그래. 그 약을 마시고 어려진 거야."

그렇군요, 하고 에파는 납득한 것처럼 수긍한다.

"아무튼 무사해서 다행임다! 게다가 다친 데도 없는 것 같고, 마왕은 사부가 해치웠다는 말이겠슴다?"

"뭐 그렇지. 그런데 에파가 어떻게 마왕에 대해 아는 거야?"

애당초 왜 이 그라프 숲에 에파가 있는 거지?

정신력을 단련한 덕분인지 이 상황을 받아들이고 있지만, 곰곰이 생각하면 불가사의한 일투성이다.

"어제, 누아르 씨한테서 전화가 왔슴다. 마왕에게 습격당했으니까 순간이동으로 구하러 와 달라고."

"그래?"

누아르 씨를 힐끔 보자 지금 생각났다는 듯한 표정을 지었다.

"까맣게 잊고 있었어……."

어제 생각해 내려고 했었던 게 이거였나.

뭐, 전화를 걸었을 때는 죽느냐 사느냐의 갈림길이었고, 그 후 밥을 먹고 곧장 자 버렸으니까 말이다.

일어난 건 조금 전이니 잊어버린 것도 어쩔 수 없는 일이다.

"폐를 끼치고 말았어……."

풀이 죽은 누아르 씨에게 에파가 환하게 웃어 준다.

"폐라고는 요만치도 생각 안 함다! 오히려 누아르 씨가 의지해 주어서 되게 기뻤슴다! 무사해서 정말 다행임다!"

방글거리며 그리 말하는 에파에게 누아르 씨는 미소로 화답했다.

역시 학교 선생님인 만큼 아이를 잘 다루는구나.

"누구냐!"

에파의 모습에 감탄하는데, 밀로 씨가 접시를 들고 집에서 나왔다.

"저는 에파 에파엘임다! 사부—— 애쉬 군의 첫 번째 제자임다! 사부, 이분은 누구심까?"

"내 스승님인 밀로 씨야."

덧붙여 또 다른 스승님 티코 씨는 어젯밤 늦게 귀가했다. 이전에는 부리나케 순간이동으로 떠난 모양이지만, 이번에는 밀로 씨에게 제대로 작별 인사를 하고 나서 귀가했다.

"사부, 제자로 무사히 들어갔군요!"

"응. 레드 드래곤에게 먹힌 것도 수행의 일환이었어. 그 틈을 마왕이 노린 거지. 마왕은 산산조각이 났고, 새로운 마법도 마스터했고, 수행은 더할 나위 없이 순조로워!"

"오오! 벌써 새로운 마법을 마스터했습까?! 굉장함다! 아, 그 말은 그럼 위저드 로드도 샀겠슴다?!"

"뭐, 그렇지. 그때 사람들이랑 헤어진 다음 엘슈타니아에서 샀어. 자, 이거야."

나는 파트너를 여봐란듯이 보여 준다.

"이게 사부의 파트너임까! 멋있슴다!"

"그렇지?!"

역시 에파, 보는 눈이 있군!

"애쉬의 친구, 대환영! 같이 밥 먹을래?"

파트너 칭찬에 만족해하고 있자, 밀로 씨가 에파에게 상냥하게 제의했다.

"먹겠슴다! 저, 배 엄청 고픔다!"

"밀로도 배고파! 밀로랑 너랑 마음이 맞아! 친구 될래?"

"사부의 사부와 친구가 될 수 있다니 영광임다! 잘 부탁드림다!"

밀로 씨와 에파는 순식간에 친해졌다.

"그런데 멀리 네무네시아에서 지금 막 와 줬는데 이런 말을 하는 것도 그렇지만, 일은 괜찮은 거야?"

"어제부터 연휴임다."

"일은 언제부터 시작되는데?"

"내일모레인데, 돌아가는 길은 순간이동으로 금방이니까요. 오늘은 사부 여러분과 느긋하게 수다 떨고 싶슴다!"

"그럼, 오늘은 한가로이 보내기로 할까. 무사 수행은 내일부터 재개다!"

"다음은 어디로 가?"

"글쎄. 다음은……."

들뜬 가운데 다음 행선지를 생각하고 있자 밀로 씨가 슬픈 듯이 고개를 숙였다.

"왜 그러세요?"

밀로 씨는 울상이 되어 나를 쳐다본다.

"밀로, 혼자가 되는 거 싫어. 모처럼 친구 생겼다. 헤어지는 거 슬퍼……."

"혼자가 되기 싫으면 마을로 이사하면 됩니다."

"밀로, 다른 사람을 대하는 방법 잘 몰라. 그리고 마을에서 살려면 돈 필요해. 일, 금방 잘릴 것 같다."

오랫동안 이 숲에서 혼자 생활해 온 밀로 씨는 사람이 사는 마을에서의 생활에 자신이 없는 거다.

대마법사 밀로 씨라면 일 따위야 얼마든지 찾을 수 있을 것 같지만, 이런 건 본인의 마음이 중요하니까 말이다.

"밭일도 괜찮으면 제가 알선할 수 있습니다. 그리고 살 곳이 없다면 저희 집에 살면 됩니다. 방은 많이 있으니까요!"

구원의 손길을 뻗치는 에파를 보며 밀로 씨는 멍한 표정을 짓는다.

"밀로, 에파와 첫 대면. 왜 친절히 대해 줘?"

에파는 어리둥절해했다.

"네? 왜냐뇨, 친구잖슴까. 곤란한 친구를 돕는 건 당연함다."

밀로 씨는 볼이 터질 정도로 꽉 찬 미소를 짓는다.

"밀로, 행복해! 이사 기대돼! 에파네 집, 어디에 있어?"

"네무네시아, 라고 말해도 모르겠군요. 사부, 지도 없슴까?"

"나한테 있어. 잠깐 기다려 줘."

집으로 뛰어들어간 누아르 씨는 지도를 손에 들고 돌아왔다.

나와 에파 사이에 앉고서 지도를 펼친다.

강자가 있는 곳을 나타내는 지도가 새빨갛게 물들어 있었다.

평소 하던 대로 지도에 마력을 흘려 넣어 버린 모양인데…….

"누아르 씨…… 혹시 마법을 엄청나게 썼어?"

누아르 씨는 지금 생각난 듯이 아차 한다.

"그러고 보니 마왕한테 얼음 창을 많이 쐈어."

역시 그런가.

마법사에게 있어 마력은 곧 전투력이다.

마력을 거의 다 써 버려서 누아르 씨의 전투력이 세 살배기 수
준이 되어 버리는 바람에 죄다 우위투성이가 되어 버린 것이다.

보통 마법사들은 마력을 자연 회복하지만, 누아르 씨는 마력
흡수 체질이라 빨간 점을 없애려면 마력을 흡수하는 수밖에 없
다고…….

마력을 흡수한다?

그 말은 내 마력도 흡수당했다는 얘기겠군.

한 명 한 명에게서 흡수할 수 있는 양은 얼마 안 된다고 들었지만 내 마력은 원래 조금밖에 없다.

요컨대 내 마력은 지금 내가 생각하고 있는 것보다 많다는 말이다!

뭔가 이득 본 기분이 드는걸.

부유 마법으로 환산하면 5밀리는 더 띄울 수 있지 않을까.

뭐, 그래도 대마법사의 이름에는 걸맞지 않지만.

누아르 씨가 곁에 있어도 영향이 없을 정도로 커다란 마력을 손에 넣지 않는 한, 대마법사는 될 수 없다.

또 그러기 위해서는 다음 스승님을 찾아 제자로 들어가야만 한다!

하지만 이렇게 새빨개서는 누가 스승님인지 알 수 없으니…… 맞다.

"밀로 씨, 이 지도에 마력을 흘려 넣어 줄래요?"

"기꺼이!"

밀로 씨가 지도를 손에 들자마자 빨간 점 대부분이 사라졌다.

"깔끔해졌어."

"그러게. 게다가 다음 목적지도 결정됐어."

"어디로 갈 건데?"

"여기랑 여기야."

──대륙 남동부의 아리안 왕국.

──섬나라 그륜 왕국.

나는 그 두 나라를 가리켰다.

아리안 왕국과 그륜 왕국에는 빨간 점이 하나씩 있었다.

이번에 한해서는 밀로 씨와 동격인 파란 점도 스승님이 되겠지만, 기왕이면 보다 강한 인물을 만나러 갈 생각이다.

뭐, 그전에 갈 곳이 있지만.

"아무튼 일단 네무네시아로 가자!"

"네? 사부, 네무네시아에 와 주는 검까?"

에파가 기쁜 듯이 대꾸한다.

네무네시아는 엘슈타트 왕국에서 1, 2위를 다투는 시골 마을이다. 마력을 흡수하기에는 적합하지 않다.

그렇지만 네무네시아로 향하는 도중에 엘슈타니아를 통과하게 되고 비공정도 타게 된다.

즉 네무네시아에 도착할 무렵에는 누아르 씨의 마력은 원래대로 돌아와 있을 것이다. 반대로 말하면 굳이 네무네시아에 가지 않아도 마력은 회복되는 셈이지만…….

"밀로 씨, 혼자서는 네무네시아에 갈 수 없겠죠?"

에파는 일이 있기 때문에 순간이동으로 먼저 돌아가야 한다.

밀로 씨 혼자 가다 미아가 될지도 모르기 때문에 네무네시아까지 데려다주기로 한 것이다.

내게 수행을 시켜 주었으니 그 정도의 보은은 해야지.

"밀로, 길 잃을 자신 있어! 애쉬와 누아르가 함께라면 든든하다!"

"그렇게 해요. 에파도 그럼 되지?"

"대환영임다! 동생들도 기뻐할 검다!"

"나도 동생들을 보는 게 기대돼."

그로부터 2년 가까이 지났으니 다들 성장했겠군.

"그런데 네무네시아, 어디에 있어?"

"여기예요."

내가 가리킨 곳을 보고 밀로 씨의 눈이 반짝였다.

"살기 좋아 보여! 밀로, 네무네시아에서 오래 살래!"

지도를 본 것만으로도 낙원이라고 감지했나 보다.

그렇게 예정이 결정됐을 즈음에서 우리는 바비큐를 즐기기로
했다.

◆

그날 아침.

엘슈타트 교도소에서 백발의 노인이 모습을 드러냈다.

세계최강의 마법사를 탄생시키는 것을 꿈꾸며 누아르에게 개
조 수술을 가하고 골렘까지 만들어 낸 남자───.

바로 린글란트다.

"다시는 돌아오지 마쇼."

교도관의 말을 듣고 린글란트는 빠른 걸음으로 그 자리를 떠
난다. 잠시 걸은 뒤 멈추어 서서 몸을 바르르 떨고,

"크크크! 나는 자유다! 자유의 몸이다!"

하고 흥분한 음성으로 외쳤다.

길가는 사람들이 수상쩍게 쳐다보지만 린글란트는 시선 따윈 신경 쓰이지 않았다. 시선이 신경 쓰이지 않을 정도로 출소한 것이 기뻤다.

"길었다! 참으로 길었어!"

애쉬에게 골렘이 두 동강 난 다음──. 누아르에게 개조 수술을 한 죄로 붙잡히고 2년 가까운 세월이 흘렀다.

눈앞에서 골렘이 두 동강 난 충격으로 반년쯤 유아 퇴행했었으나, 제정신을 되찾은 뒤 린글란트는 한 가지만을 생각해 왔다.

이번에야말로 세계최강의 마법사를 만들어 내리라.

물론 합법적인 수단을 사용해서. 여하튼 또다시 죄를 범해 붙잡히면 이번엔 2년 이상의 세월을 옥중에서 보내게 될 테니까.

그런 이유로 린글란트는 옥중 생활을 보내는 가운데, 합법적으로 세계최강의 마법사를 만들어 낼 방법을 궁리하고 또 궁리했다.

그리고 생각해 냈다.

골렘과 함께 연구소도 두 동강 나 버린 사실을.

연구소가 없으면 세계최강의 마법사를 만들어내기는커녕 실험조차 할 수 없다. 어떻게 할지 골머리를 썩인 린글란트는…… 어떤 방법을 떠올렸다.

그 방법을 사용하는 건 린글란트에게 있어 굴욕적인 일이자 고뇌의 결단이었으나, 애당초 린글란트는 대망을 성취하기 위해서라면 악마에게라도 영혼을 팔 각오가 돼 있었다.

　대망을 성취하기 위해서라면 어떤 굴욕일지라도 견디어 내리라. 그렇게 자신을 타일러 결의를 굳혔다.

　다만 그 방법을 사용하기 전에 한 가지 확인해 두고 싶은 바가 있다.

　그 때문에라도 린글란트는 가야만 한다.

　네무네시아로.

세계 최동단의 유적을 떠난 페르미나 일행은 비공정과 열차를 타서 엘슈타트 왕국 북동부 마을을 방문했다.

곧 날이 저물기 때문에 오늘의 이동은 여기서 끝내기로 한 것이다. 그리고 내일 아침 첫 열차를 타고 정오 무렵에는 엘슈타니아에 도착할 예정이다.

"드디어 졸업여행도 끝이 다가오기 시작했습다……."

열차 승강장을 뒤로한 시점에서 에파가 섭섭한 목소리로 중얼거렸다.

졸업여행이라는 명목으로 움직이고 있지만 실제 목적은 딴 데에 있다.

페르미나와 에파가 먼 길을 마다치 않고 세계 최동단 유적으로 향한 까닭은 애쉬와 누아르를 만나기 위해서이다.

전에는 매일같이 얼굴을 맞대었지만 3학년이 되고 얼마 되지 않아, 애쉬와 누아르는 수업을 쉬게 되었다.

처음엔 감기에 걸렸나 하고 걱정했지만…… 누아르라면 몰라도 애쉬의 몸이 상하는 일이 있으리라고는 생각되지 않는다. 따라서 둘이 같이 쉬는 건 이상하다. 어쩌면 애쉬는 누아르를 간

병하고 있는 게 아닐까.

그렇게 생각한 페르미나는 같은 걱정을 하고 있었던 에파와 함께 누아르의 집을 방문했으나, 노크를 해도 두 사람이 나오는 일은 없었다.

그래서 페르미나는 누아르에게 전화를 걸어 보기로 했다. 그러자 누아르는 무언가를 얼버무리는 듯한 상기된 목소리로 『애쉬와 캠핑 중이야.』라고 대답했다.

애쉬와 누아르는 페르미나의 본가에 묵은 다음 설국으로 향했고, 그곳에서 캠핑을 즐겼다고 이야기했었다.

신학기가 시작되었는데 또 가고 싶어질 만큼 캠핑이 즐거웠나 싶기도 했지만, 남달리 성실한 애쉬가 수업을 땡땡이치면서까지 캠핑을 갈 거라곤 생각되지 않는다.

애당초 애쉬가 엘슈타트 마법 학원에 다니고 있는 이유는 마법사가 되기 위해서다. 수업을 쉬고 있는 것은 학원 밖에서 마력 획득의 단서를 찾았기 때문이고── 마력을 손에 넣기 위해서는 누아르의 도움이 필요했던 것이리라.

그렇게 추측한 페르미나는 두 사람의 방해가 되지 않도록 전화를 걸거나 하지 않고, 마음속으로 여행의 무사를 빌기로 했다.

그러나 아무리 기다려도 애쉬와 누아르는 돌아오지 않았고── 결국 졸업식 당일이 되어서 페르미나는 다시 누아르에게 전화를 걸기로 했다.

그리고 전화기 건너 울먹이는 목소리가 진실을 털어놓았다.

──애쉬는 마왕과 싸우기 위해서 다른 세계로 여행을 떠났다.

──애쉬가 여행을 떠나고 이래저래 10개월이 흘렀다.

──외롭다.

이렇게.

그 말을 듣고 페르미나는 가만히 있을 수 없었다. 즉각 여행 채비를 마친 다음 졸업식이 끝나자마자 에파와 함께 세계 최동단 유적을 목표로 하여 길을 떠났다.

최동단으로 향하는 도중은 애쉬가 무사한지 어떤지 걱정돼서 페르미나는 어두운 분위기를 띠고 있었지만──.

"또 같이 여행하고 싶다!"

지금은 완전히 밝아진 상태이다.

애쉬가 무사히 귀환했고 또 그렇게 되고 싶어 했었던 마법사가 되었다. 친구의 꿈이 이루어져서 페르미나는 자기 일처럼 기뻤다.

"다음엔 다 같이 여행 가고 싶슴다!"

"그때는 진짜 캠핑을 해 보고 싶어."

"그럼 다음 스승님 생일에 『마의 숲』에서 캠핑하자!"

애쉬가 구체적인 제안을 한다.

애쉬가 말하는 『마의 숲』은 세계에서 손꼽히는 위험지대.

캠핑에 어울리는 장소라곤 생각되지 않지만── 이야기에 따르면 용자 일행이 『마의 숲』 관리인을 맡는 모양이다.

용자 일행의 최고참인 모리스와 필립과 콜론 씨가 눈에 불을 켜고 감시해 준다면 오히려 『마의 숲』은 세계에서 제일 안전한 장소라고 해도 과언이 아닐 것이다.

무엇보다 『마의 숲』은 애쉬의 고향이다. 한 번쯤은 가 보고 싶었다. 모리스의 생일을 축하하고 싶은 마음도 있고, 애쉬의 제안을 거절할 이유는 없다.

에파와 누아르도 같은 마음인 듯,

"사부의 사부 생일을 축하하는 검다!"

"빨리 축하하고 싶어."

들뜬 어조로 그렇게 말하는 것을 듣고 모리스는 눈물을 주르륵 흘렸다.

"다음 생일이 몹시 기다려지는구나……."

"당신은 진짜 눈물이 많구나."

"모리스는 옛날부터 감정을 쉽게 드러내니까. 그래서 너와 같이 있으면 즐거워."

"맞아. 당신과 같이 있으면 지루할 틈이 없어."

"뭐, 뭐야, 둘 다 기분 나쁘게."

싱글거리며 이야기하는 콜론과 필립에게 모리스는 쓴웃음을 지으며 화답했다. 그런 용자 일행의 모습을 보고 페르미나는 따뜻한 기분이 들었다. 친밀한 세 사람을 보고 있으니 이쪽까지 마음이 따뜻해진다.

사이좋은 세 사람처럼 페르미나도 애쉬와 누아르, 에파와 영원히 친구로 있고 싶다고 간절히 기원한다.

(그건 그렇고, 축하라.)

생일은 지나 버렸지만 애쉬는 염원하던 마법사가 되었다. 축하한다고 말은 했으나 모처럼 이렇게 같이 있다. 당분간 일로 인해 볼 수 없게 되니 지금 축하 선물을 건네 두고 싶다.

"자. 그럼 슬슬 숙소로 가 볼까. 휴일이고, 방이 비어 있으면 좋겠는데."

"걱정할 필요 없어. 아까 순간이동으로 이 마을을 방문해서 숙소를 예약해 뒀으니까."

"필립은 이 마을에 온 적이 있었구만."

순간이동은 한 번 방문한 적이 있는 장소밖에 갈 수 없다.

"이곳은 엘슈타트 왕국령이거든. 이 나라에서 내가 방문한 적이 없는 장소는 없어. ……아니, 모리스 너도 이전에 나랑 같이 이 마을을 방문한 적이 있는데 말이지."

"그랬었나. 뭐, 여하튼 예약했다면 안심이네. 그런데 숙소는 어디에 있나?"

"이쪽이야."

필립의 안내를 받고 다들 숙소로 향한다. 그렇게 따라간 곳에는 훌륭한 숙소가 우뚝 서 있었다.

"필립 씨. 방에 거울이 있을까요?"

애쉬가 말한다.

"있을 것 같은데, 왜?"

"저, 엉덩이를 보고 싶어요! 스티겔을 눈에 각인시키고 싶어요!"

애쉬는 만면의 미소를 띤다. 스티겔이 깃든 것이 그토록 기쁜 것이리라. 애쉬의 웃는 얼굴을 보자 페르미나도 행복한 기분이 들었다.

"거울이라면 화장실에 있을 거야. 개인 방을 하나씩 빌렸으니까 느긋하게 보도록 해."

"알았습니다!"

"너, 너무 무리한 자세를 취하지 않는 편이 좋아. 목이나 허리를 다치면 바로 나한테 말해야 한다? 통증에 잘 듣는 약을 조제해 줄 테니까."

"감사합니다! 하지만 저라면 괜찮아요! 몸이 좀 상해도 금방 나으니까요!"

"애쉬 군이라면 어떤 자세를 취하든 몸이 상하는 일은 없겠지. 저녁 식사 시간이 되면 부를 테니 그때까지 스티겔을 눈에 새기도록 하게."

"네! 그런데 집합시간은 언제인가요?"

"1시간 뒤로 하마. 그때까지는 각자 천천히 쉬면 돼."

필립의 말에 소년 소녀들은 각자 방으로 들어간다.

"에파. 누아르. 잠깐 괜찮아?"

페르미나는 두 사람을 방에 불러들였다.

"무슨 일일까?"

"혼자 쉬는 게 외로워?"

"그것도 있지만 두 사람에게 조금 상담하고 싶은 게 있어서. 애쉬 군에게 마법사가 된 축하선물을 사 주려고 하는데 모처럼 이니 셋이서 고르지 않을래?"

"좋습다! 찬성임다!"

"축하해 주고 싶어."

둘 다 긍정적이다.

"결정됐네. 그럼, 으음…… 무엇을 살까?"

"『겉은 바삭, 속은 폭신 ♪ 찰지고 탱탱한 뺨이 녹아나는 꿈의 말랑말랑한 멜론빵』은 어때?"

누아르는 즉각 제안한다.

페르미나는 많이 먹어보진 못했지만…… 확실히 그건 맛있었다. 애쉬도 마음에 들어 해줄 터.

하지만…….

"그건, 아마 매점 한정이었지? 우리 졸업도 했고, 사는 건 어렵지 않을까."

"그러네요. 게다가 저와 페르미나 씨는 엘슈타니아 역에서 헤어지니까 학원에는 들를 수 없습다. 축하선물은 이 마을에서 구할 수 있는 것을 사죠!"

"이 마을에서는 무엇을 팔고 있을까?"

"이 마을을 방문한 건 처음이라 모르겠습다. 페르미나 씨는 어떻습까? 이 마을은 처음임까?"

"응. 나도 처음이야. 그래도 꽤 큰 마을이니까 말이지. 역 앞에서 상점가 입구도 보였고, 웬만한 물건은 구할 수 있지 않을까."

"상점가가 있다면 옷가게도 있을 것 같습다."

"그거 괜찮은데. 졸업했으니 앞으로는 사복으로 지내게 되니까 말이야."

돌이켜보면 애쉬는 항상 교복으로 지냈었다. 여장했었던 시기도 있으나…… 그걸 제외하면 애쉬가 사복 입은 모습을 본 것은 한 번뿐이다.

바로 엘슈타니아 시내에서 애쉬를 처음 만난 날이다. 그때 애쉬는 무투가 같은 의상을 입고 있었다. 설마 그때는 정말로 무투가일 것이라고는 생각지도 않았고, 이렇게까지 친해질 줄도 몰랐다.

당시의 일을 생각하자 페르미나는 그리운 기분에 휩싸인다.

"그런데 사부가 마음에 들어 할 만한 옷은 어떤 걸까요?"

"그러게……."

페르미나는 곰곰이 생각해 보지만…… 떠오르지 않았다.

무엇보다 애쉬는 사복을 입지 않기 때문에 무슨 옷을 좋아하는지 취향을 알 수 없기 때문이다.

(애쉬 군은 착하니까 어떤 옷을 골라도 기꺼이 입어 줄 것 같지만…….)

만약 어울리지 않으면 애쉬가 어디 가서 창피를 당할지도 모른다. 축하선물로 인해 수치스러운 경험을 하는 것은 페르미나가 바라는 바는 아니다.

"무엇을 살지는 상점가를 걸으면서 생각하는 편이 좋지 않을까."

여기서 생각하고 있어 봤자 답은 나오지 않는다. 상점가를 걸으면서 생각하면 이거다 싶은 선물을 찾을 수 있을 터.

"보러 갈래."

"바로 출발합죠!"

"결정됐네!"

세 명은 가방에서 지갑을 꺼낸 다음 숙소를 떠났다.

◆

숙소를 떠난 페르미나 일행은 많은 가게가 즐비하게 늘어선 길로 나섰다. 일행을 놓치지 않도록 몸을 바싹 맞대고 사람의 왕래가 많은 상점가를 걷는다.

"다양한 가게가 있어."

"여기라면 뭐든지 갖춰져 있겠는걸!"

"그러게 말임다! 그래서, 뭘 사는 겁까?"

"모처럼이니 형태로 남는 걸 선물하고 싶은데."

"그러면 음식은 아니겠슴다?"

"응. 그리고 애쉬 군이랑 잘 어울리는 게 좋겠어."

"그럼 책은 어떻슴까? 사부는 운동하고 있을 때도 멋지지만 독서하는 모습도 멋있으니까 말임다!"

"좋은데! 애쉬 군은 공부를 좋아하니, 책을 받으면 기뻐해 줄 거야!"

"애쉬가 읽은 적 없는 책을 선물할 거야?"

누아르가 묻는다.

"물론 그럴 생각인데…… 왜?"

"애쉬는 다양한 책을 읽었으니까."

"확실히 사부는 박식하죠. 특히 마법과 마물에 관한 지식은 아주 뛰어남다."

"하긴. 결국 애쉬 군한테는 한 번도 필기시험에서 이기지 못했으니……."

페르미나는 학원을 수석으로 졸업했으나 애쉬가 착실하게 출석했다면 어떻게 됐을지는 모른다. 뭐, 수석으로 졸업하는 것보다 애쉬와 누아르와 함께 졸업식에 참석하는 편이 훨씬 기쁘지만.

좌우간.

"애쉬 군이 읽은 적 없는 책이 있을까?"

"그건 사부에게 물어보지 않으면 모름다. 하지만 직접 묻지 않는 편이 좋겠죠?"

"응. 가능하면 깜짝 놀라게 하고 싶거든."

"사부의 놀란 얼굴이 눈에 선함다!"

"하지만 너무 놀라게 하는 건 위험해. 깜짝 놀라 소리쳐서 무언가를 날려 버릴지도 몰라."

"확실히 있을 수 있는 이야기야."

"갑자기 건네지 말고 『건네줄 게 있어.』라고 충격을 완화한 다음 건네는 편이 좋겠슴다."

"그러네. 건넬 때 조심해야겠어. ……그런데 선물은 누가 건네줘?"

"너 아니야?"

"내가 건네줘도 괜찮겠어?"

"기획한 건 페르미나 씨니까요. 그리고 저는 도무지 숨기질 못해서 말임다. 선물을 가지고 있으면 안절부절못할 것 같습다."

"나도 안절부절못할 거야."

"그러면 내가 건네는 걸로 할게."

세 사람이 고른 소중한 선물이다. 분실하지 않도록 조심해야 한다. ……뭐, 아직 고르지 않았지만.

"결국 뭘 살 거야?"

"글쎄 말임다. ……액세서리 같은 건 어떻습까?"

"그거 괜찮은 듯!"

액세서리라면 형태로 남고, 매일 몸에 지니고 있을 수도 있다. 옷과 달리 짐이 되지 않으니 무사 수행에도 방해되지 않을 것이다.

"저기에 가게가 있어."

"진짜다. 이렇게 사람의 왕래가 많은데 용케 발견했네."

"애쉬와 여행을 하고 발견하는 게 특기가 됐어. 숙소라든가 음식점이라든가 금방 발견할 수 있어."

"여행에 익숙해졌다는 느낌이 듭다!"

에파의 칭찬에 누아르는 기쁜 듯이 볼을 붉힌다. 그런 둘을 동반하고 페르미나는 액세서리 가게로 이동했다.

고급스러운 느낌이 감도는 가게 안에는 휘황찬란한 액세서리가 전시되어 있었다.

"뭔가 여성 물품뿐이네."

"애쉬는 여장이 특기야. 이거 정말 잘 어울릴 것 같아."

"좋습니다!"

"응. 여성 물품 같지만 이거라면 애쉬 군이 달아도 어울······."

무심히 가격표를 보고 페르미나가 말을 잃고 만다.

두 사람에게 등을 돌리고 지갑 안을 확인한 다음, 점원에게 들리지 않게 작은 목소리로 두 사람에게 묻는다.

"저, 저기. 둘은 얼마나 가지고 있어? 이거, 꽤 비싼데······."

두 사람은 가격표를 들여다보고,

"······너무 비싸."

"이건 포기하는 수밖에 없겠습다."

살며시 원래 있었던 자리에 돌려놓았다.

불길한 예감을 품은 채 다른 액세서리도 보니······ 그 전부가 학원을 막 졸업한 신분으로는 손이 닿지 않을 만큼 비쌌다.

세 사람은 도망치듯이 가게를 나왔다.

"저런 가게에서 쇼핑하는 건 더 어른이 되고 나서 해야겠네."

"그러네요. 저, 긴장했습다."

"머리가 어질어질해."

"너무 비싼 걸 선물하면 애쉬 군도 당황할 거고."

"그렇다고 싸구려를 선물하는 것도 아니다 싶지만 말입다. 그러니까 예를 들면······ 페르미나 씨, 아버지와 사이좋죠?"

"응. 사이좋아."

"생일에 어떤 걸 선물했었습까?"

"손수건이나 지갑 같은 실용적인 물건을 선물했지."

"그럼 사부에게도 실용적인 선물을 하는 검다! 아버지에게 선물하는 것과 똑같은 감각으로 고르면 딱 좋은 가격의 선물을 찾을 수 있을 검다!"

"그거 좋다!"

"가게를 찾았어."

누아르가 곧바로 가게를 발견한다.

"역시 누아르! 금방 찾네!"

"바로 가게로 들어갑죠!"

세 사람은 의기양양하게 가게에 들어간다.

청결한 느낌이 감도는 가게 안에는 신사용 의류 등이 진열돼 있었다. 가격표를 보니…… 양심적인 가격이었다.

"다 같이 하나씩 보고 다니면 시간이 너무 걸리니까, 각자 『이거다』 싶은 것을 하나씩 고르고, 그중에서 결정하자!"

"찬성임다!"

"이의 없어."

일단 그 자리에서 헤어지고 페르미나는 손수건 매장으로 향한다. 거기에는 각종 손수건이 늘어서 있었다.

(애쉬 군은 손이 크니까 큼직한 손수건을 사는 편이 좋겠지.)

그런 생각을 하면서 손수건을 보고 다닌다.

그러나.

(으─음. 조금 아저씨 같은데.)

동갑 남자에게 하는 선물치고는 디자인이 구수한 것이 많아 애쉬에게 어울릴 만한 것은 보이지 않았다.

그 밖에도 지갑이나 벨트 등을 봤지만 결국 『이거다』 하는 것을 찾지 못한 채 시간만 흐르고…….

"페르미나 씨, 찾았습까?"

에파가 다가왔다.

"아니, 못 찾았어. 그쪽은 어때?"

"이쪽도 망했습다. 여동생에게 하는 선물은 금방 정해지는데 사부 선물 고르기는 엄청나게 어렵습다……."

"그러게. 나도 아버지 선물은 금방 정하는데 말이지……. 앗, 누아르. 뭣 좀 찾았어?"

"좋은 거 있었습까?"

누아르는 도리도리 고개를 젓는다.

"못 찾았어."

"그래……."

"그리고 모리스한테서 전화가 왔었어. 슬슬 저녁을 먹을 건가 봐."

방금 막 전화를 마친 것이리라. 누아르는 휴대전화를 넣으면서 그렇게 말했다.

그런 누아르의 모습을 보고 페르미나가 퍼뜩 말한다.

"그, 그거야."

"그거입다!"

동시에 에파가 외쳤다.

아무래도 페르미나와 같은 생각에 도달한 모양이다.

"왜 그래?"

어리둥절한 누아르에게 페르미나는 만면의 미소를 띠고 말한
다.

"휴대전화를 사는 거야."

 휴대전화는 실용적이고 가격도 적당하다.
 덤으로 애쉬와 같은 반이 되고 연락처 교환을 요청했을 때——
애쉬는 『휴대전화는 대마법사가 되고 나서 살래.』라고 말했었
다.
 애쉬는 아직 대마법사가 되진 않았지만 마침내 마력은 깃들
었다. 마력이 없으면 사용할 수 없는 통신기를—— 휴대전화를
선물하면 분명히 기뻐해 줄 것이다.
 애쉬의 기뻐하는 얼굴이 눈에 선해서 페르미나는 가만히 있을
수 없게 됐다.
 "누아, 휴대전화 가게는——."
 "저쪽에 있었어."
 기다리고 있었다는 듯이 누아르는 온 길을 손가락으로 가리켰
다.
 "역시 누아르 씨임다!"
 "든든해!"
 "고마워."
 쑥스러운 듯이 볼을 붉히는 누아르의 안내를 따라 페르미나와
에파는 가게로 향한다.

그리고 널찍한 가게 안에 들어가자, 거기에는 각종 휴대전화가 즐비하게 놓여 있었다. 평소의 페르미나라면 어느 것을 살지 망설이는 부분이지만, 이번만은 다른 데에 눈길을 주지 않는다.

페르미나는 어떤 휴대전화를 살지 이미 결정했기 때문이다. 나머지는 그것이 어디에 있는지 점원에게 물어보기만 하면 된다.

물론 에파와 누아르의 의견을 들어야 하겠지만…….

"두 사람은 어떤 휴대전화로 할지 정했어?"

"정했어. 그런데 어디에 있는지 모르겠어."

"저 역시 정했습다! 사부라고 하면 그거죠!"

"응응. 애쉬 군이라고 하면 그거지!"

둘 다 페르미나와 같은 생각을 하고 있는 모양이다.

휴대전화에는 많은 연락처를 등록할 수 있는 것, 소형, 대형, 폴더, 슬라이드식 등 다양한 종류가 있지만——.

애쉬에게 어울리는 휴대전화는 하나밖에 없다.

"어서 오세요. 무엇을 찾으시는지요?"

점원이 친절하게 말을 걸어온다.

세 사람은 얼굴을 맞댄 다음, 입을 모아 말했다.

"""제일 튼튼한 휴대전화 주세요!"""

후기

오랜만입니다. 왕코소바입니다.

제1권 발매로부터 7개월, 이렇게 무사히 『지나치게 노력한 세계최강의 무투가는 마법 세계를 여유롭게 살아간다』 제4권을 선보일 수 있게 된 것을 아주 기쁘게 생각합니다.

제3권에서 이야기에 일단락을 짓고, 새롭게 단장하여 막을 올린 애쉬 군의 새로운 모험. 독자 여러분께서 조금이라도 재밌으셨다면 다행이겠습니다.

자아.

여기서 끝내면 후기가 너무 짧으므로 제 신변에서 일어난 사건을 재미있고 우스꽝스럽게 쓰려고 했습니다만……

올해는 작업에 몰두한 나날을 보내서 후기에 쓸 만한 일이 아무것도 생각나지 않네요.

그래도 생활하다 보면 하루에 한 번까지는 안 되더라도 한 달에 한 번 정도는 재미있는 일이 생기는 법이지요.

그래서 올 한 해를 대강 돌아보고 후기의 소재가 될 만한 것을 찾아보고자 합니다.

1월.

새해 해돋이를 봤습니다.

새해 첫 참배를 가려고 했습니다만 결국 일 때문에 가지 못했습니다.

2월, 3월, 4월, 5월, 6월, 7월, 8월.

일로 바빴던 기억밖에 없습니다.

9월.

근처 편의점이 폐점해서 공터가 되었습니다. 부지 안의 자동판매기와 우체통 등도 철거되어서 매우 불편해졌습니다.

10월.

올해 가장 바빴기 때문에 이달의 기억은 없습니다.

11월.

대시엑스 문고 주최 사은회에 참가하기 위해서 상경했습니다. 상경할 때마다 역 구내에서 헤매는 기분이 듭니다.

그리고 은행나무 가로수가 아주 예뻤던 것을 기억합니다.

12월.

작업하고 있었던 것 말고는 기억이 없습니다.

……자아.

이렇게 한 해를 돌아봤습니다만, 후기 소재가 될 만한 것은 떠오르지 않았습니다.

다만 재미있고 우스운 일은 없었지만 여러모로 올해는 충실했던 것 같은 기분이 듭니다.

아무튼 한 해를 돌아봄으로써 무사히 분량을 채웠으니 마지막으로 감사 인사로 옮기겠습니다.

그럼 감사의 말을.

본서의 출판에 많은 분이 힘써 주셨습니다.

담당자님을 비롯한 대시엑스 문고 편집부 여러분. 항상 감사합니다.

일러스트레이터 니노모토니노 선생님. 바쁘신 가운데 훌륭한 일러스트를 그려 주셔서 감사합니다.

교정자님에 디자이너님, 본서에 관여해 주신 관계자분들. Web판 쪽에서 항상 응원해 주고 계신 여러분. 정말로 감사합니다.

그리고 무엇보다 본 작품을 구매해 주신 독자 여러분에게 심심한 감사를. 여러분께서 조금이라도 재미있으셨다면 그것이 제게 있어서 무엇보다 큰 행복입니다.

그럼 다음 권에서 무사히 뵐 수 있기를 기원하겠습니다.

2017년 슬슬 연말 왕코소바

지나치게 노력한 세계 최강의 무투가는
마법 세계를 여유롭게 살아간다 4

2023년 09월 25일 제1판 인쇄
2023년 10월 01일 제1판 발행

지음 왕코소바
일러스트 니노모토니노

발행 영상출판미디어(주)
등록번호 제 2002-000003호
주소 07551 서울특별시 강서구 양천로 570 NH서울타워 19층
대표전화 02-2013-5665

ISBN 979-11-380-3298-8
ISBN 979-11-380-1751-0 (세트)

구매 시 파손된 도서는 구매처에서 교환하실 수 있습니다.
기타 불편사항, 문의사항이 있으신 독자님께서는 노블엔진 홈페이지
[http://novelengine.com] 에서 Q&A 게시판을 이용해 주시기 바랍니다.

노블엔진(NOVEL ENGINE)은 영상출판미디어(주)의 라이트노벨 및 관련서적 브랜드입니다.

가난한 내가 유괴 사건에 말려들면서 모시게 된 주인은
숙녀의 탈을 쓴 생활력 빵점 영애였다──?!

아가씨 돌보기

영애들이 다니는 명문 학교에서
제일가는 아가씨(생활력 없음)를 남몰래 돕는
시중 담당이 되었습니다

1~3

남자 고등학생 '토모나리 이츠키'는 유괴 사건에 말려들었다가 국내에서 손꼽히는 재벌 가문의 아가씨인 '코노하나 히나코'의 시중을 들게 되었다.

겉으로는 뭐든지 잘하는 히나코 아가씨. 하지만 그 정체는 혼자서는 일상에서 아무것도 못할 정도로 생활력이 없고 나태한 여자애. 그러나 히나코는 집안의 체면상 학교에서는 '완벽한 숙녀'를 연기해야만 한다. 그런 히나코를 지키고 싶은 마음에 하나부터 열까지 지극 정성으로 모시는 이츠키. 마침내 히나코도 그런 이츠키에게 몸과 마음을 의지하는데…….

어리광 만점! 생활력 빵점?!
완벽한(?) 아가씨와 함께하는 러브 코미디!

사카이시 유사쿠 지음 │ **미와베 사쿠라** 일러스트 │ **2023년 7월 제3권 출간**

청춘의 상상, 시동을 걸어라!

언제나 쌀쌀맞게 구는
소꿉친구지만 나를 짝사랑하는
속마음이 다 들려서 귀여워

1~3

◆

《오늘이야말로 코우에게 고백하는 거야!》

 딱히 인기가 많은 것도 아닌 남고생 니타케 코우타에게 느닷없이 들리게 된 목소리. 그건 언제나 코우타에게 쌀쌀맞은 태도를 보이는 소꿉친구 유메미가사키 아야노의 속마음이었다! 아야노가 자신에게 홀딱 빠졌다는 것을 전혀 몰랐던 코우타였지만——.

《사실은 코우가 말을 걸었으면 했어…….》

 느닷없이 훤히 들리게 된 '속마음'에 아야노를 의식하기 시작한 코우타.
 그러나 '속마음'의 뜻밖의 부작용을 알게 되는데——?!

로쿠마스 로쿠로타 지음 | **bun150** 일러스트 | **2023년 8월 제3권 출간**
청춘의 상상, 시동을 걸어라!